KB183457

한국 희곡 명작선 173

모두의 남자

한국 희곡 명작선 173

모두의 남자

정범철

평민사

성
범
철

모두의 남자

등장인물

이강석   남, 53세. 모두의 남자.
배명희   여, 34세. 횟집 딸.
배상철   남, 57세. 횟집 주인.
남종태   남, 57세. 마을 주민, 상철의 친구.
이버섯   남, 34세. 강석의 아들.
오미자   여, 49세. 마을 과부.
마형진   남, 34세. 명희의 약혼남.
김다혜   여, 34세. 명희의 친구.
우영애   여, 28세. 마을 처녀.
차고은   여, 28세. 마을 처녀.

때

현재

곳

동해안, 어느 설화마을

프롤로그

안개가 자욱한 어느 곳. 김다혜, 우영애, 차고은이 등장한다.

김다혜 우리 민족은 예로부터 신화, 전설, 민담을 좋아했지.

우영애 건국 신화는 나라마다 다 있었고, 조선팔도 산골짜기 곳곳마다 구구절절 사연과 속사정이 넘쳐났지.

차고은 심지어 호수, 계곡, 장승, 바위, 나무, 자라, 솥뚜껑까지 다 갖다 붙였지.

김다혜 자라?

우영애 솥뚜껑?

차고은 속담.

다혜영애 아.

마형진이 등장한다.

마형진 구전문학, 전래동화. 우리의 전통과 역사를 보존하기 위하여!

오미자가 등장한다.

오미자 오죽하면 지역에서 희곡 공모 때마다 자기 동네 설화를 소재로 쓰라고 그렇게 난리 치겠어.

배상철이 등장한다.

배상철 그러나 한반도 모든 지역, 모든 마을이 발버둥을 친
다 해도 우리 마을을 따라올 수 없지.

김다혜 온갖 설화가 넘쳐나는 마을.

우영애 설화를 좋아하는 성향의 혈통들이 죄다 모여 산다는
마을.

차고은 한 아이가 공부는 안 하고 놀기만 좋아하다 갑자기
몸이 굳어버려 돌이 되어버렸다는 돌아이 바위도
있고.

마형진 어떤 벙어리 여인이 무더운 여름날 골짜기를 지나다
너무 더워서 가슴을 드러내놓고 냉수마찰을 했다는
벙어리 냉가슴골도 있고.

오미자 어느 날 임금님 행차가 우리 마을을 지나가게 되었
는데 개울가 징검다리에서 그만 돌부리에 걸려 도미
노로 넘어졌다는 도미노 징검다리도 있지.

남종태가 등장한다.

남종태 아무튼 그래서 마을 이름이 설화마을.

오미자 응?

김다혜	예?
우영애	뭐?
배상철	에?
차고은	뭐?
마형진	끝이야?
남종태	너 반말?
마형진	끝이에요? 누가 그러던데요? 우리 마을에 설화가 135갠가 136개쯤 된다고 제가 어디서 들었는데요.
배상철	그중에 제일가는 설화는! 뭐니 뭐니 해도… 뭐니?
차고은	머니? 돈?
우영애	아니. 뭐냐고.
김다혜	까먹으셨네.
오미자	아!
남종태	바로!
모두	모두의 남자!

이버섯, 바퀴가 달린 수레를 밀며 등장한다. 수레 위에는 모두의 남자, 강석이 타고 있다. 강석, 뒷모습으로 등장한다. 환상적인 분위기를 자아낸다. 여자들, 흠뻑 반해버린 표정.

김다혜	언젠가 이 마을에 큰 시련이 닥칠 것이다.
우영애	그때 늘푸른 한 청년이 나타날 것이다.
차고은	청년은 마을을 구하고 이 마을의 여자와 혼인할 것

이다.

오미자　그리고 장차,

남종태　이 나라의 왕이 될 것이다.

배상철　두둥!

마형진　두둥! 두둥!

강석, 서서히 고개를 돌리려는 순간, 암전.

1장

형진의 목소리 들린다.

마형진　명희야. 명희야. 일어나. 나, 왔어. 배명희!

무대 밝아진다. 횟집. 몇 개의 테이블과 몇 개의 의자. 테이블에 엎드려 자는 명희. 형진이 깨우고 있다. 벌떡 일어나는 명희.

배명희　그 남자!

마형진　뭐?

배명희　꿈이야?

마형진　꿈꿨어? 우리 명희 많이 피곤했구나?

배명희	왜 깨워.
마형진	응?
배명희	왜 깨우냐고.
마형진	그냥 나, 왔다고 알려주려고….
배명희	꺼져.
마형진	야, 너 곧 결혼할 신랑한테 꺼지라니 그게 무슨 소리야.
배명희	결혼? 미쳤냐? 내가 너랑 결혼하게? 우리 마을에 아무리 남자가 없어도… 아, 짜증 나.
마형진	명희야. 아버님도 허락하셨는데 네가 이러면 쓰냐? 너랑 나랑은 천생연분이라니까.
배명희	개소리하지 말고 꺼져. 꺼져. 꺼지라고.

밀어서 형진을 밖으로 내쫓는 명희.

| 배명희 | 아 그 남자. 오늘은 얼굴 볼 수 있었는데…. |

다시 얼굴 내미는 형진.

마형진	물어볼 게 있는데….
배명희	왜 또 들어와?
마형진	아버님은 어디 가셨어?
배명희	양복 빌리러. 종태 아저씨네.

마형진 양복? 왜?

배명희 양복이 낡아서.

마형진 갑자기 양복을 왜 입으셔?

배명희 어디 장례식장 같이 가실 거래. 귀찮게 왜 자꾸 물어!

마형진 종태 아저씨네면 주정뱅이 사거리? 그렇게 멀리까지 가셨단 말이야? 너 혼자 두고?

배명희 왜? 그게 뭐 어때서?

마형진 아니, 세상이 흉흉하니까. 게다가 요즘 뱃놈들이 근처에 어찌나 어슬렁거리는지….

배명희 고기가 안 잡힌다잖아. 배가 나가질 못하고 죄다 항구에 처박혀 있으니 어쩔 수 없지. 우리 아빠도 장사할 생각은 하지 않고 자꾸 술판만 돌아다니시니 참 걱정이다.

마형진 중국 어선들이 우리 고기를 다 잡아가서 그런 거야. 해경에서 감시한다니까 곧 좋아지겠지. 걱정하지 마.

배명희 아니야. 중국 어선 탓으로 돌릴 게 아니야. 요즘처럼 고기가 안 잡힌 적은 없었던 것 같아. 이러다 마을 사람들 다 굶어 죽는 거 아닌지 몰라.

마형진 넌 별게 다 걱정이다. 난 온통 네 걱정뿐인데.

배명희 됐거든. 사양할게.

마형진 아무튼 내 말은 너처럼 예쁜 처녀가 이렇게 집에 혼자 있으면 위험하다고.

배명희 고맙다.

마형진	응? 뭐가?
배명희	예쁘다고 해줘서.
마형진	아.
배명희	(의자를 주면서) 자!
마형진	응?
배명희	깔아.
마형진	응. 까라면 까야지.
배명희	그래도 너랑 결혼할 순 없어. 우린 태어날 때부터 함께 자란 그냥 친구일 뿐이야.
마형진	맞아. 죽마고우지.
배명희	그러니까. 죽마고우랑 결혼할 수 없다고.
마형진	평생 인연일 수도 있잖아.
배명희	개소리 집어치우고 그만 가줄래? 미안하다. 형진아.
마형진	잠깐만. 내가 어디서 들었는데 얼마 전에 들어온 뱃놈 중에 거친 놈들이 많다더라.
배명희	혹시 그중에 그 남자는 없다니?
마형진	무슨 남자? 너… 또 그 설화 타령이야?
배명희	응. 늘푸른 남자.
마형진	그 말 믿지 말라니까. 할 일 없는 노인네들이 다 지어낸 이야기라고.
배명희	너 그 설화 첫 번째 문구 잘 생각해봐. "언젠가 이 마을에 큰 시련이 닥칠 것이다."
마형진	"그때 늘푸른 한 청년이 나타날 것이다." 알지. 우리

마을에 그 설화 모르는 사람 없지. 근데 다 헛소리라고.

배명희   야, 올해처럼 고기가 안 잡힌 적 있었어?

마형진   아니.

배명희   올해가 가장 최악이지?

마형진   그렇긴 하지.

배명희   우리 마을은 고기잡이로 먹고사는 항구마을이잖아. 이게 가장 큰 시련이 아니면 뭐야?

마형진   하여튼 여자들이란.

배명희   응? 그 발언 뭐야? 여성 비하 발언인가?

마형진   정말 이해할 수 없어. 여자들은 왜 그렇게 미신이나 예언을 좋아하는 거야? 특히 우리 마을 여자들이 제일 심각한 것 같아.

배명희   "그때 늘푸른 한 청년이 나타날 것이다." 늘푸른 청년. 어떤 청년일까? 싱그러운 느낌일까? 그래서 그렇게 표현한 거겠지?

마형진   스머프 아냐? 늘 푸르잖아. 파란색.

배명희, 형진을 노려본다.

마형진   그러니까 그런 쓸데없는 미신 믿지 말고 나랑 결혼하자고. 내가 널 지켜주겠다고.

배명희   누가 누굴 지켜준다고?

마형진 내가 널 지켜준다고.

배명희 형진아.

마형진 응?

배명희 그냥 내가 널 지켜줄게. 친구로서.

마형진 명희야. 잘 들어봐. 난 술도 안 마셔. 어두운 밤에 장례식장이든 술집이든 갈 일 없다고. 남자로서 최고 아냐?

배명희 차라리 술을 마시지 그래.

마형진 너 이렇게 혼자 있다 낯선 뱃놈들 들이닥치면 어쩌려고 그래. 내가 이 말까진 안 하려고 했는데… 여기 오는 동안에도 저쪽 사팔뜨기 나무 아래에 수상한 남자가 바닥에 웅크리고 앉아 있는 걸 봤단 말이야.

배명희 사팔뜨기 나무 아래?

마형진 응.

배명희 안 보이는데?

마형진 미친개처럼 끙끙거리고 있는 꼴이 제정신이 아닌 것 같았다니깐.

배명희 거기서 왜 그러고 있어?

마형진 나야 모르지.

배명희 물어봐야지.

마형진 내가? 왜?

배명희 다쳤는지 어디가 아픈 건지 알아야 할 거 아냐. 멍청아!

마형진 그러다 갑자기 달려들면 어쩌려고.

배명희 내일 아침에 그 사람이 송장이 돼서 뻗어버리면 너 경찰한테 뭐라고 할 거야? 네가 사팔뜨기 나무 앞으로 지나다니는 거 뻔히 다 아는데.

마형진 그러네. 어쩌지? 난 그 생각까지 못 했어. 설마 내가 죽였다고 의심하진 않겠지?

배명희 (떠밀며) 빨리 다시 가서 물어보고 와.

마형진 지금?

배명희 그래, 지금!

마형진 금방 갔다 올게.

형진, 떠밀려 나갔다가 다시 황급히 들어온다.

마형진 어쩌지. 어쩌지?

배명희 또 왜?

마형진 아버님이랑 종태 아저씨가 오고 계셔.

배명희 그게 뭐?

마형진 분명히 그 남자를 보셨을 텐데 내가 그랬다고 생각하면 어떡해.

배명희 쯧쯧. 이렇게 겁이 많은데 누굴 지켜준다는 건지.

마형진 그거랑 이거랑은 다르지.

검은 양복을 차려입은 상철과 종태가 들어온다.

배상철	경택이 숙부님이 맨손으로 상어 잡았을 때 말이야.
남종태	내가 그 자리에 있었어.
배상철	그래?
마형진	(상철에게) 아버님, 안녕하세요.
배상철	아이쿠, 우리사위 형진이도 있었구나.
마형진	(종태에게) 안녕하세요.
남종태	어이, 재벌2세! 아버지는 잘 계시나?
마형진	아이참, 저희 집 재벌 아니에요.
남종태	우리 마을에서 그 정도 큰 마트 사장이면 재벌이지. 뭘.
배상철	명희야, 현금 좀 가진 거 있지?.
배명희	부조금 내시게요? 잠시만요.

명희, 준비한 돈 봉투를 상철에게 건넨다.

배명희	며칠째 손님이 없어서 큰일이에요.
남종태	뭐가 걱정이야. 부잣집으로 곧 시집갈 텐데. 둘이 결혼 날짜는 잡았어?
마형진	하하. 그게 아직….
배명희	아저씨까지 정말 왜 이러세요. 저, 재랑 결혼 안 해요.
남종태	명희야, 네 나이를 생각해야지. 너 서른 몇이지? 서른둘? 셋?
배상철	넷.

남종태	우리 명희가 벌써 서른넷이나 됐어? 형진이도 서른 넷이야?
마형진	어쩌다보니 벌써 그렇게 됐네요.
남종태	명희야, 아무리 찾아봐라. 이 마을에 형진이 만한 남자가 있나.
마형진	아저씨도 참… 아니에요.
남종태	눈 씻고 찾아봐도 없을 걸? 암.
배명희	눈을 더 씻어야겠네요. 아니면 이 마을을 떠나던가.
남종태	여자는 서른다섯까지 출산 적령기라는 거 몰라?
배상철	내버려둬. 지들이 알아서 하겠지. 참, 마침 잘됐네. 형진이 너도 경택이 알지?
마형진	저기 사타구니 언덕에 낚시터 사장님이요? 잘 알죠.
배상철	경택이 숙부님이 돌아가셨다네. 우리 지금 막 장례식장 가려던 참인데 너도 같이 갈래?
마형진	예? 아니요. 전 오늘 피곤해서 집에 가서 자야겠어요.
배명희	아빠, 장례식장 가시는 건 좋은데 술 좀 적당히 마셨으면 좋겠어요. 이제 건강을 생각하셔야죠.
배상철	야, 이놈아. 나 아직 팔팔해. 끄떡없어.
남종태	그럼! 체력하면 배상철이지. 돌고래 시합 3년 연속 우승의 전설! 그때 네 아빠 정말 대단했다. 명희는 모르지? 태어나기 전이라.
배상철	허허. 맞아. 그랬지. 돌고래를 타고 동해 바다를 가로지르는 그 맛이란! 캬! 지금도 기억이 생생해. 그 여

름 바닷가, 뜨거운 땡볕 아래 철썩이는 파도소리, 끼룩끼룩 갈매기 소리, 질주하는 돌고래들의 함성, 쏟아지는 관중들의 환호성! 명희 엄마가 그때 나한테 홀딱 반한 거잖아. 그래서 명희를 갖게 된 거고. 나중에 돌고래 꼬리에 치이지만 않았어도….

마형진 맞아요. 전 그래서 돌고래 못 타요. 무서워서.

배명희 갑자기 엄마 얘긴 왜 해요. 가실 거면 빨리 다녀오세요.

배상철 아 맞다. 내 정신 좀 보게. 종태야, 얼른 가자.

남종태 야 너 돈 잘 챙겼지?

배상철 응. 어두워지기 전에 얼른 가야지. (가려다) 참, 그런데 오다보니까 저기 사팔뜨기 나무 아래 웬 남자가 누워서 자고 있던데 혹시 못 봤어?

마형진 예? 누워 있다고요?

배상철 왜 그렇게 놀라?

마형진 아, 아니에요. 그 남자가 왜요?

배상철 우리 마을 사람은 아닌 것 같던데 혹시 모르니 문단속 잘 하고 있으라고.

남종태 뱃사람이겠지 뭐. 요즘 배가 못 뜨니까 다들 난리야. 난리.

마형진 설마 벌써 죽은 거 아니겠지?

배상철 뭐? 죽다니? 누가?

마형진 사실은 제가 여기 오면서 사팔뜨기 나무 아래 남자가 끙끙거리고 있는 걸 봤거든요. 누워있다면 설마… 어떡하죠? 119라도 불러야 하는 거 아닐까요?

남종태 일단 가서 보고 와.

마형진 제가요?

남종태 그럼 내가 가리?

마형진 같이 가주시면 안 돼요?

배명희 내가 갔다 올게.

배명희, 나가려는데 형진, 가로막으며.

마형진 아냐, 아냐. 내가 갔다 올게. 난 남자니까.

마형진, 밖으로 나가는데 황급히 다시 들어온다.

마형진 어떡해! 어떡해요!

남종태 왜? 왜!

마형진 그놈이 이쪽으로 오고 있어요. 온 몸이 흙투성이에요!

마형진, 안으로 들어와 숨는다. 모두 문 쪽을 주시한다. 곧 50대 초반으로 보이는 한 남자가 온 몸에 흙투성이인 채 들어온다. 작은 배낭을 메고 있다.

이강석 장사하세요?

배상철   그럼요. 앉으세요.

테이블에 앉는 강석.

이강석   소주 한 병 주세요.

배명희   안주는요? 왜 그러세요?

이강석   소주만 시켜도 될까요?

배명희   그러세요.

명희, 소주와 잔 갖다 준다.

배명희   뱃사람이세요?

이강석   아니요. 휴우, 며칠 동안 걸었더니 정말 피곤하네요.

남종태   며칠 동안 걸었다고요? 어디서 오셨는데?

이강석   저기 태백산 소나무 마을이라고 여기서 한참 떨어진
곳입니다. 정신없이 걷다보니 이렇게 해안가 마을까
지 왔네요. 그런데 혹시 여기는 경찰이 자주 오거나
하진 않습니까?

배상철   경찰이 자주 올 일이 없지 뭐. 마을 사람 중에 과부
한 사람만 빼고는 모두 착한 사람들이라.

이강석   그럼 안심해도 되겠군요.

남종태   경찰은 왜? 무슨 죄 짓고 도망 다니는 모양이네. 하
하하.

이강석   죄짓고 도망 다닐 수도 있는 거 아닙니까?

종태의 웃음기가 사라지고 모두 침묵.

배상철   (아무렇지 않은 듯) 그렇지. 하하하. 요즘은 그런 사람들
이 많아졌어. 그래, 무슨 죄를 지은 건지 물어봐도 될
까요? 맞춰볼까? 물건을 훔쳤나? 아니면… 알겠네.
누굴 때려눕혔구먼!

이강석   글쎄요. 좀 더 큰 죄인 거 같은데요.

배명희   사람을 죽였나요?

모두 강석을 바라본다.

이강석   네. 맞아요.

아무렇지 않은 듯 서로 눈치 보는 사람들.

배상철   하하. 걱정 말아요. 우리가 경찰에 신고하는 일은
없을 테니까. 우리 마을 이름이 설화 마을이거든.
사건, 사고가 가끔 있긴 한데 그냥 그러려니 하고
넘어가요. 그냥 미담이 되기도 하고 뻥도 많이 치고
그러거든.

이강석   저는 뻥 아닙니다.

남종태 에이, 그쪽 얘기가 뻥이란 얘기가 아니라 우리 마을 사람들이 전설이나 뭐, 재밌는 이야기를 되게 좋아하거든. 그러다보니 그런 얘기 들어도 신고도 안 하고 경찰도 몇 번 당하더니 잘 안 믿어요. 사람을 죽이지도 않았는데 자꾸 죽였다고 그러니까. 하하하.

이강석 다행입니다. 이 마을 정말 맘에 드네요.

마형진 누, 누굴 죽였죠?

모두 강석을 바라본다.

이강석 제가 죽인 사람이 누구인지 밝히면 아마 여러분은 놀라 자빠질 지도 모릅니다.

배상철 하하하. 그게 누굴까? 우리가 아는 사람이라니 더 궁금해지네.

이강석 알려드려요?

종태·상철 예.

모두 강석에게 모여든다.

이강석 아주 유명한 사람이죠.

남종태 유명한 사람? 남자인가?

이강석 네.

마형진 젊은 사람인가요?

배명희	스무 고개야 뭐야.
배상철	엇! 젊은 사람인가?
이강석	노인은 아니지만 젊다고 할 수도 없죠.
남종태	부자인가?
이강석	네. 엄청난 부자죠. 온갖 재물을 약탈하고, 유부녀를 희롱하고, 수많은 사람들을 살해한 놈입니다.
배상철	약탈? 희롱? 살해? 설마!
남종태	혹시!
배상철	맞아. 확실해. 태백산에서 왔다잖아!
남종태	한동안 모습을 드러내지 않아 죽었다고 들었는데.
배상철	헛소문이래. 부하들을 시켜서 계속 악행을 저지른다고 난 들었어!
이강석	역시 다 아시는군요.
마형진	전 몰라요. 그게 누군데요?
남종태	당신이 죽인 사람… 맞죠? 태백산
상철·종태	하이에나!
배명희	태백산 하이에나?

모두 강석을 바라본다.

이강석	네.
배상철	이럴 수가! 맞았어.

상철 잠시 밖을 보고 다시 들어온다.

배상철 당신이 태백산 하이에나를 죽였다고?

마형진 대단한 사람이에요?

남종태 너넨 모를 거다. 수십 년 전에 전국을 떠들썩하게 만들었던 악당 중에 악당이지!

배상철 태백산을 근거지로 하는 전설적인 산적 두목이야!

배명희 산적이요? 요즘 시대에 무슨 산적이….

남종태 태백산이 하도 험해서 놈들 소굴을 찾을 수가 없다고 하지. 지하 몇 백 미터 아래 비밀기지가 있다고도 하고… 아무튼 어쩌다, 어떻게 그놈을 죽인 거요?

이강석 제가 겉으로는 좀 왜소해보일지 몰라도 몸이 제법 재빠르거든요. 우리 가문이 대대로 운동신경 하나는 타고난 집안이라… 며칠 전에 우연히 산에서 길을 잃고 헤매던 중 그놈들을 만났죠. 처음엔 무척 당황했어요. 행색이 예사롭지 않았거든요. 털옷을 몸에 걸치고 얼굴에 무서운 문신을 잔뜩 새겼는데 그 숫자가 대략 스무 명은 족히 넘었던 것 같아요. 그 중에 유난히 몸이 거대하고 화려한 장식을 한 놈이 끝에서 나를 노려보더군요. 아, 그놈이다. 태백산.

종태·상철 하이에나!

이강석 감사합니다. 심장이 뛰기 시작했어요. 놈이 외쳤죠. 가진 거 다 내놔! 부하 두 명이 제게 다가와 팔을 잡으려고 하더군요. 그 순간, 전 땅을 힘껏 박차고 공중으로 두 바퀴를 돈 다음에….

배상철 다 죽인 건가?

남종태 스무 명을 다?

이강석 아니요. 부하들이 무슨 죄가 있겠습니까? 다 우두머리를 잘못 만난 탓이죠. 그렇게 여러 명을 상대할 때엔 우두머리를 치는 게 상책이죠. 그놈만 미친 듯이 두들겨 팼습니다. (종태를 붙잡고 때리는 시늉을 하면서) 한 놈만 미친 듯이 패고, 패고, 패고 또 팼습니다.

남종태 죄송합니다. 죄송합니다. 죄송합니다! (사람들 눈치 보면서) 라고 했을 거야.

이강석 정신 차리고 보니까 그놈은 이미 숨통이 끊어졌고 부하들은 모두 줄행랑을 쳤더라고요. 아마 저같이 날렵한 사람은 처음 봤을 거예요. 그렇게 신봉하던 자신들의 두목이 쓰러졌으니 살려면 튀어야죠. 놈의 시체를 보고 있노라니 불쌍한 생각이 들더군요. 저를 만난 게 잘못이었죠. 그래, 묻어주자. 아무리 악행을 저지른 놈이지만 마지막 온정이나 베풀어야겠다. 다음 생애엔 꼭 좋은 사람으로 태어나시오. 그렇게 그놈을 산기슭에 묻어주었습니다.

남종태 그래서 이렇게 흙투성이로….

배상철 정말 대단하구만.

배명희 늘푸른 청년… 당신이 늘푸른 청년인가요?

이강석 늘푸른 청년? 그게 뭐죠?

배상철 서, 설마.

마형진 아니야. 아닐 거야.

남종태 그래, 맞을지도 몰라.

이강석 저… 죄송하지만 그게 뭔지 좀 알려주시겠어요?

남종태 우리 마을 대대로 전해 내려오는 전설!

배상철 언젠가 이 마을에 큰 시련이 닥칠 것이다.

남종태 그때 늘푸른 한 청년이 나타날 것이다.

배명희 청년은 마을을 구하고 이 마을의 여자와 혼인을 할 것이다. 그리고 장차 이 나라의….

마형진 말도 안 돼! 이 사람은 청년이 아니잖아요. 보세요. 이 사람을 아무리 어리게 봐도 40대 아래로는 안 보인다고요!

남종태 그러네. 설화에선 청년이라고 했는데….

배상철 맞아. 이 사람을 청년이라고 하기엔 좀 억지스러워.

이강석 아, 이 마을에 그런 설화가 있었군요! 오, 하느님 맙소사! 어쩐지 이 마을로 오고 싶더라니! 이게 다 운명이었어!

배상철 뭐야. 그게 무슨 말이야!

이강석 저는….

모두 긴장된 얼굴로 강석을 바라본다.

이강석	20대에요.
마형진	거짓말! 거짓말이야!
이강석	진짜예요! 믿기 어렵겠지만 제 나이는 스물넷입니다!
배명희	나보다 10살이나 어려.
이강석	그래요? 나이가?
배명희	서른넷.
이강석	동안이시네요. 전 20대로 봤는데.
배상철	이것 봐, 자네! 맹세할 수 있는가?
이강석	당연하죠. 맹세할 수 있습니다. 전 분명히 20대로 봤습니다.
배상철	아니! 그거 말고! 자네가 스물넷이라는 사실 말이야!
이강석	아아, 물론입니다.
남종태	자칫하면 자네가 이 나라의 역적으로 몰릴지도 모르는 중차대한 일이네!
이강석	역적이요? 아니, 지금 민주주의 국가….
남종태	달리 말하면 이 땅 위에 위대한 인물이 탄생하는 걸세. 우리 마을, 이 나라의 역사적인 순간이 될지도 모른단 말일세!
이강석	갑자기 말투가 왜….
배상철	내 말 똑똑히 들으시게! 자네가 이 나라의 왕이 될지도 모른단 뜻일세.
이강석	예? 왕이요?
배상철	그러니 한 치의 거짓도 말해선 안 될 것이야! 알겠

는가?

이강석 (갑자기 단호하게) 제 나이 이십 평생 단 한 번도! 거짓이란 걸 입 밖으로 뱉어본 적이 없사옵니다.

배상철 좋아, 그럼 설명해보게. 왜 이렇게 나이가 들어 보이는 거지?

이강석 저는 어려서부터 심장이 좋지 않았습니다. 남보다두 배 이상 빨리 뛰는 심장을 지녔죠. 너무 흥분하거나 거친 운동을 하면 생명이 위험하다고 의사가 늘 경고했습니다. 그러던 어느 날, 10년 전 쯤… 그러니까 제가 10대 때 있었던 일입니다. 걱정이 되신 어머니께서 수소문 끝에 아주 용하다는 약방에서 한약을 지어오셨는데….

배상철 됐네!

남종태 한약!

배상철 거기까지만 들어도 알겠네!

남종태 그 청년이야! 드디어! 우리 마을에 그 청년이 나타났어!

배상철 늘푸른 청년!

배명희 그래서 늘푸른 청년이었어.

남종태 뭐?

배명희 항상 나이든 얼굴로 살아야했기에….

배상철 그래! 맞아. 그래서 늘 푸르다고 표현했던 거야!

남종태 반갑네! 정말 반가워!

마형진   말도 안 돼! 말도 안 돼!

종태와 상철은 강석과 악수하고 껴안고 감격에 겨워한다. 명
희는 넋을 잃고 강석을 바라만 보고 형진은 망연자실 주저
앉는다.

암전.

2장

새벽. 횟집. 안쪽에서 샤워소리가 들리고 명희와 형진이 대화
를 하고 있다. 테이블 위에는 우유가 든 컵이 하나 있다.

마형진   명희야!

배명희   빨리 가.

마형진   싫어.

배명희   가라니깐.

마형진   싫다고!

배명희   너 진짜 오늘 왜 이래?

마형진   너야말로 왜 이래? 난 네 약혼자야. 내 약혼자를 처
              음 보는 남자랑 둘만 남겨두고 이 야심한 밤에 어딜
              가란 말이야!

배명희	약혼은 무슨! 내 의사도 묻지 않고 아버지들끼리 술 마시다 약속한 게 그게 무슨 약혼이야!
마형진	너도 나 좋다고 했잖아!
배명희	뭐? 내가 언제?
마형진	기억 안 나? 벙어리 냉가슴골에서 같이 물장구치고 놀다가 너도 나 좋아한다고 했잖아.
배명희	일곱 살 때?
마형진	응.
배명희	이 미친… (때릴 듯 주먹 치켜세웠다가 진정하며) 친구야. 죽빵 날리기 전에 그만 가라. 우리의 우정마저 간직하고 싶다면. 알겠니?
마형진	아버님이 장례식장 가시면서 나한테 신신당부하셨단 말이야. 저 사람이 사기꾼일지도 모르니 일단 오늘밤은 함께 있으라고.
배명희	참네, 왕이 될 분이 누추한 곳에 와주셔서 영광이라며 굽실거릴 땐 언제고?
마형진	너 진짜 저 남자가 그 청년이라고 생각해?
배명희	몰라. 몰라! 저 사람이 사기꾼이든 연쇄살인마든 내가 알아서 한다고.
마형진	정말 이건 아닌데….
배명희	가. 얼른. (물건 집어 들며 던질 듯) 안 가?
마형진	알았어. 알았다고.

마지못해 나가는 형진, 다시 얼굴 쏙 내밀며.

마형진　　대신, 무슨 일 생기면 바로 전화해. 알겠지?

손에 든 물건 형진에게 집어던지는 명희. 다시 사라지는 형진.

배명희　　저 진드기 같은 놈… 어휴.

바깥에서 소리치는 형진.

마형진　　명희야! 내가 동 트자마자 바로 달려올게!

명희, 밖으로 뛰어나가 소리친다.

배명희　　오지 마! 오지 말라고 이 미친 새끼야!

그때, 안쪽에서 샤워를 마친 강석이 수건으로 젖은 머리를 털며 나온다. 편한 복장으로 갈아입었다. 바깥에서 들리는 소리.

마형진　　사랑해!
배명희　　꺼져! 저 멀리 꺼져버려!
소리　　　누구야! 누가 시끄럽게 떠들어!
배명희　　아줌마, 저예요.

소리	명희냐?
배명희	죄송해요.
소리	밤이 늦었는데 자야지.
배명희	네, 주무세요.
소리	그래. 명희래 명희.

안에서 소리 듣고 피식 웃는 강석. 집안으로 들어오는 명희. 강석과 마주친다.

배명희	왜 웃으세요?
이강석	아니요. 그냥.
배명희	잘 어울리네요.
이강석	예?
배명희	그 옷이요. 아버지 옷인데 잘 어울린다고요.
이강석	아.

어색한 침묵.

배명희	(컵 가리키며) 우유 좀 데워놨어요. 주무시기 전에 드시면 잠 잘 오실 거예요.
이강석	감사합니다.

다시 어색하고.

배명희   피곤할 텐데 주무셔야죠. 안쪽에 작은 방 있어요. 이
         불 펴 드릴게요.

이강석   잠깐만요.

지나가는 명희의 팔을 무심결에 잡는 강석. 깜짝 놀라 뿌리치
는 명희.

배명희   어머.

이강석   아, 죄송해요.

배명희   왜, 왜요?

이강석   아직 막 졸리진 않아서 괜찮으면 얘기 좀 나누고 싶
         은데.

배명희   밤이 깊었는데 이러시면 좀 곤란한데.

이강석   마을에 대해 이것저것 궁금한 게 있어서요. 불쾌하
         셨다면 죄송합니다.

배명희   아니요. 불쾌한 것까진 아니고… 한 10분이면 되겠
         죠? 제가 아침 일찍 항구에 나가봐야 해서요. 요즘
         좋은 생선 구하기가 하늘의 별따기라….

두 사람, 테이블에 어색하게 마주 앉는다.

이강석   오면서 보니까 곳곳에 지명들이 재밌더라고요. 도로,
         골짜기, 집, 나무, 들판… 모두 푯말이 있고 유래들이

쓰여 있던데요.

배명희 네. 우리 마을 특징이에요. 곳곳에 유래들이 다 있어요.

이강석 주정뱅이 사거리는 어떤 유래가 있죠?

배명희 오래전에 어떤 주정뱅이가 술에 취해서 큰 대자로 뻗었는데 손과 발이 가리키는 방향대로 길이 생겼대요.

이강석 아아. 그렇구나. 그럼 사팔뜨기 나무는?

배명희 그 나무가 커브길에 있잖아요? 꺾어지는 곳에.

이강석 네, 맞아요.

배명희 어떤 사팔뜨기가 그 길을 지날 때마다 그 나무에 항상 머리를 부딪쳤대나?

이강석 앞을 잘 못 봐서?

배명희 눈이 가운데로 몰려있으니까 길이 꺾어지는 걸 못 봤나 봐요.

이강석 하하. 재밌네요. 사타구니 언덕은?

배명희 옛날에 그 언덕에 모기가 그렇게 많았대요. 그래서 치마 입은 여자들이 그 언덕을 지날 때마다 자꾸 사타구니를 긁어 대서….

이강석 하하하. 다 이런 식으로 짓는구나.

배명희 엄청 많아요. 우리 마을에 설화만 135개 정도 된대요.

이강석 정말 매력적인 마을이네요. 명희 씨만큼.

배명희 네?

어색한 침묵.

이강석　이름이 명희씨 맞죠?

배명희　(끄덕끄덕)

이강석　성은 뭐에요?

배명희　배씨요.

이강석　(되뇌며) 배명희. 아, 그러고 보니 제 이름도 아직 말씀 안 드렸네요. 저는 이강석이라고 합니다. 돌처럼 강하고 단단하게 살라고 저희 아버지께서 지어주셨죠. 제가 5대 독자거든요. 그러다보니 어려서부터 많은 관심과 기대를 받고 자랐어요. 아버지는 사업 때문에 바쁘신 와중에도 항상 제가 올바른 길을 가도록 든든한 버팀목이 되어주셨죠.

배명희　아버지께서 어떤 사업을 하시는데요?

이강석　작은 리조트를 운영하세요.

배명희　아.

이강석　혹시 들어보셨을 지도 모르겠네요. 태백산 오션파크라고….

배명희　태백산 오션파크? 굉장히 큰 리조트 아니에요?

이강석　작아요. 건물 몇 동이랑 스키장, 수영장 몇 개….

배명희　TV 광고에서 본 거 같은데? 건물도 20층 정도 되고… 거기 아니에요?

이강석　아마 맞을 거예요. 뭐 그런 게 중요한가요? 아무튼 아버지는 하나뿐인 아들인 제게 리조트를 물려주시려고 평사원으로 위장 입사까지 시켰지만 몇 년 일하다 얼마 전에 때려치웠어요.

배명희　왜요?

이강석　제가 하고 싶은 일은 따로 있거든요.

배명희　무슨 일이 하고 싶으신데요?

이강석　그냥… 우리 모두를 위해 일하고 싶어요. 우리 지역… 나아가 이 땅 위의 모든 사람들이 풍요롭고 행복한 삶을 영위할 수 있도록 미약하지만 보탬이 되는 삶을 살고 싶어요.

배명희　어쩜 이렇게….

이강석　네?

배명희　아니에요. 그럼 공무원… 아니, 정치를 하고 싶단 말인가요?

이강석　그렇게 되나? 꼭 정치밖에 없을까요? 그냥 이런저런 고민들을 하며 사람들을 만나보는 중이에요. 우선 우리 강원지역의 마을부터 시작해서 전국을 돌아다니며 여행을 할 생각이에요. 아, 태백산 하이에나도 그렇게 만난 겁니다.

배명희　그러시구나.

이강석　혹시 실례가 될 지도 모르지만… 결혼하셨나요?

배명희　아, 아니요. 벌써 결혼해서 뭐하게요?

이강석　그럼 아까 그 사람은…?

배명희 누구요? 아아, 아까 걔요? 친구에요. 그냥 불알친구.

이강석 예?

배명희 (당황) 아니, 어린 시절부터 동네 친구. 하하.

이강석 네. 우린 둘 다 미혼이네요. 똑같네요.

배명희 똑같다니요. 자라온 환경이 많이 다른걸요. 그쪽은 리조트를 운영하는 대단한 가문출신이잖아요. 저는 바닷가 작은 마을의 횟집 딸일 뿐이에요.

이강석 가문, 출신, 돈… 그런 건 중요하지 않아요. 가장 중요한 건 사람이죠. 이 세상을 어떤 생각으로 어떻게 살아가느냐. 그래서 전 많은 사람을 만나보고 싶은 거예요. 세상엔 많은 사람들이 있는데 보통사람들은 내가 사는 지역, 한정된 사람들만 만나잖아요. 그야 말로 우물 안 개구리나 마찬가지죠. 그 우물 안에 만족하고 사느냐 밖으로 나가 진정한 세상을 만나느냐 그건 결국 각자의 몫이죠. 명희씨는 주어진 삶에 순응하며 사는 게 좋은가요? 아니면 운명을 개척하고 내 것으로 만드는 게 좋은가요? 어느 쪽이죠?

배명희 잘 모르겠어요. 지금까지 그런 생각을 해본 적이 없어서….

이강석 그럴 거예요. 이해해요. 누구나 변화를 꿈꾸지만 막상 실천을 하기는 어렵죠. 고민은 이제부터 시작된 거예요. 하나도 늦지 않았어요.

배명희 말씀을 참 잘하시네요.

이강석　감사합니다.

배명희　저 혹시… 아니에요.

이강석　뭔데요? 괜찮아요. 물어보세요.

배명희　지금 만나는 사람도 있으세요?

이강석　사귀는 사람?

배명희　네.

이강석　지금은 없어요.

배명희　집안도 좋고 말씀도 잘 하시는 분이 왜 만나는 분이
　　　　　없죠?

이강석　제 나이보다 더 들어보여서 그런 거 아닐까요? 한약
　　　　　때문에.

배명희　후훗, 그럴 수 있겠네요. 젊어지는 한약은 없나 봐요.
　　　　　호호.

이강석　웃으니까 보기 좋네요.

그 말에 웃음 뚝 그치고 발그레해지는 명희.

배명희　저, 전 이만 늦어서 자야할….

이강석　(말 자르며) 사실 제가 여자한테 별로 관심이 없어요.
　　　　　물론 사랑하는 여자가 생기게 된다면 정말 최선을
　　　　　다해서 행복하게 해줄 생각이에요. 하지만 지금은
　　　　　세상을 알고 사람을 알고 싶은 게 먼저라서… 아, 돌
　　　　　아다니다보면 나이 많은 노처녀들이나 과부들이 가

끔 관심을 보이긴 하더라고요.

배명희   이 마을에도 그런 과부가 있어요. 오미자란 여잔데 혹시나 만나게 되면 조심하는 게 좋을 거예요.

이강석, 배명희에게 스윽 다가온다.

배명희   왜, 왜요?
이강석   잠시만요.
배명희   네?

이강석, 명희에게 가까이 다가오더니 머리의 무언가를 떼어주는 시늉. 숨이 멎을 듯 멈춰버린 명희.

이강석   여기 뭐가 묻은 것 같아서.
배명희   머, 먼지가 묻었나요?
이강석   글쎄요. 잘 모르겠어요. 이게 뭔지. 이 느낌이 뭔지.

두 사람, 가까운 거리에 서 있다. 그대로 마주보며 멈춰버린 시선.

이강석   향기가 나요.
배명희   네?
이강석   당신에게서.

강석, 키스할 듯 다가오고 명희, 살포시 눈을 감는 순간, 누군가 문 두드리는 소리! 확 떨어지는 명희.

배명희 누, 누구야!

소리 나야.

배명희 내가 누구야!

소리 나, 미자 언니!

배명희 (강석에게 우유를 쥐어주며) 재수 없는 과부에요. 이 우유를 들고 피곤한 척해요. 당신이 얘길 잘하는 걸 보면 밤새 나불대고 있을 거예요.

다시 한번 문 두드리는 소리!

배명희 나가요!

명희, 문을 열어준다. 오미자가 들어온다.

배명희 뭐예요? 밤중에 무슨 일이에요?

오미자 (들어오자마자 강석을 보고) 누군 뭐 오고 싶어서 온 줄 알아?

배명희 네?

오미자 형진이가 우리 집 문을 막 두드리면서 부탁을 하더라고. 저 손님을 데리고 우리 집에 가서 좀 재워달라고.

배명희　뭐라고요?

오미자　(강석에게) 안녕하세요.

이강석　네, 안녕하세요.

오미자　저는 오미자라고 해요. 얘기 들었어요. 원래 20대신 데 한약을 잘못 먹어서 좀 들어 보이신다고… (가까이 다가가 강석의 얼굴을 살펴보며) 어우, 그래도 괜찮네. 미 남이시다. 아직 미혼?

이강석　네.

오미자　참, 태백산 하이에나를 맨주먹으로 때려눕혔다는 게 사실이에요?

이강석　네, 뭐… 어쩌다보니 그렇게 됐습니다.

오미자　웬일이야. 정말. (강석의 팔뚝과 가슴을 만지며) 어우, 몸 단 단한 거 봐. 대단하다. 영웅이셔. 영웅. 히어로. 명희 야, 그렇지? 이런 남자다운 남자는 진짜 오랜만이다.

배명희　저기… 언니, 며칠 동안 걸어오셔서 피곤하시대요. 이만 자리를 좀 비켜주시는 게 어때요?

오미자　그게 무슨 소리야? 여기에 너랑 단둘이 남겨두라고? 그러다 뭔 일 나면 어쩌려고. 에이, 그건 안 되지.

배명희　뭔 일이 나긴… 지금 여기서 뭔 일이 난다고 그래요!

오미자　아니, 너 왜 소릴 지르고 그러니?

배명희　죄송해요. 그게 아니고 갑자기 확 짜증이 나가지 고… 아니, 언니 때문이 아니고 형진이 때문에요. 이 개새끼.

오미자 히어로 총각, 나랑 같이 우리 집으로 갑시다. 명희는 처녀라 당신같이 혈기 왕성한 총각이 함께 있으면 안 돼. 자, 얼른 일어나요.

배명희 잠깐만요. 잠깐만요. 언니는 안전하구요?

오미자 뭐? 그게 무슨 소리야? 내가 안전하지 않으면?

배명희 출소한 지 일 년도 안됐잖아요.

오미자 그게 뭐 어때서?

배명희 그게 뭐 어때서라뇨? 언니는 남편을 삽으로 때려죽이신 대단한 분이잖아요.

이강석 네?

오미자 맞아, 그랬지. (강석에게) 그러고 보니 우린 공통점이 있네? 사람을 죽였다는 거. 사실, 죽일 생각은 아니었어. 홧김에 삽으로 뒤통수를 후려갈겼을 뿐인데 쇠독이 퍼져서 죽어버렸지. 알아. 이게 자랑은 아니라는 거. 하지만 맞을 짓을 했으니까 때린 거고, 단지 재수가 없어서 죽어버린 것뿐인데 뭐 어쩌라고. 그래도 좀 속상하긴 해. 완전범죄가 될 수 있었는데. 손가락 한 쪽이 개울가에서 발견되는 바람에 다 들통나버렸지 뭐야. 호호호.

이강석 가기 싫습니다.

오미자 뭐?

이강석 아주머니 댁에 가기 싫다고요.

오미자 아주머니… (화 참으며) 야, 너랑 나랑 액면은 별 차이 없어.

이강석   전 여기가 더 좋습니다. 제 의사도 있는 거 아닙니까?

오미자   사람을 그렇게 단편적으로 보면 안 되지. 이거 왜 이
래? 남편 죽인 거만 빼면 나도 꽤 괜찮은 여자야.

배명희   어디 그뿐일까요? 이 언니 뒷마당에 염소 두 마리 키
우거든요. 글쎄 자기 젖을 먹여서 염소를 키워서는
그 염소내장을 마을 이장님한테 먹였대요. 또 전에
는 뱃사람들이랑 고스톱 치다가 어디서 어쭙잖게 배
운 밑장 깔기 기술 쓰다가 걸려서 손목이 잘릴 뻔한
적도 있다고요.

오미자   맞아. 내가 잘릴 거 같아서 내가 잘라 버렸지.

배명희   맞아요. 이 마을에 사는 세 살 어린 애도 다 알아요.

오미자   자, 잘 들었지? 여기서 한 일주일 묵는다면서? 며칠
만 있으면 당신에 대해서도 욕을 바가지로 해댈 테
니 서둘러 뜨는 게 좋을 거야. 요년이 그런 년이야.
독한 년. 그러니 후회하지 말고 나랑 가자고. 응?

이강석   왜 아까부터 자꾸 반말하세요? 저 언제 봤다고.

오미자   네가 나보다 한참 어리잖아. 아냐?

이강석   예, 예. 알겠고요. 전 여기 있겠습니다.

배명희   그래요!

오미자   말어! 말어! 좀 추켜세워 줬더니 대단한 양반인 줄
아네. 야, 나도 왕년에 잘 나갔어. 어디 가도 안 빠졌
다고. 하여튼 요즘 젊은 것들은⋯ 니들은 안 늙을 줄

아냐? 그리고 참! 밤새 정신줄 똑바로 잡고… 응? 거시기도 똑바로 잡아야 할 걸? 알고는 있나? 명희 요년, 형진이랑 약혼한 사이인거? 내년에 결혼한다고 온 마을 사람들이 다 알고 있다고. 그러니 조심해. 괜히 건드렸다간 삽자루가 아니라 곡괭이로 대갈빠 아작 나는 수가 있으니까. 피가 막 분수처럼 슈우우욱! 응? 알겠어? (미자를 매섭게 노려보는 명희를 보고) 얼래? 요년 눈 부라리는 것 좀 보게. 살쾡이 같은 년, 간다!

오미자, 퇴장한다.

이강석 아니, 방금 그 얘기는 뭐에요? 약혼이라니요?

배명희 헛소리에요. 걱정 마세요. 생각할수록 열 받네. 형진이 이 자식이 뒤질라고. 스파이를 보내? 얼른 주무세요. 전 아침 일찍 나가야해서… 이만 자러갑니다. 형진이 이 개새끼 죽을라고.

명희, 퇴장한다.

이강석 잔뜩 화가 났네. 귀여운 아가씨가. 정말 흥미로운 마을이야. 나 때문에 여자들끼리 싸우기도 하고 참… 이럴 줄 알았으면 태백산 하이에나든 소백산 암코양이든 일찌감치 죽여 버릴걸 그랬어.

암전.

3장

여자들의 웃음소리 들린다. 횟집에 찾아온 다혜, 영애, 고은.
영애는 손에 책을 들고 있고 고은은 과일이 담긴 바구니를 들
고 있다.

김다혜   명희야.

우영애   명희언니.

두리번거리며 안으로 들어오는 세 여자.

차고은   없나봐.

김다혜   항구에 갔나?

우영애   뭐야. 그 남자도 같이 갔나?

차고은   안에 있는 거 아니야?

김다혜   어제 상철 아저씨 장례식장 갔으니까 둘만 있었을
           텐데.

우영애   그럼 밤새 둘이?

차고은   설마.

김다혜   말도 안 돼.

우영애   고은아 네가 방에 들어가 봐.

차고은   싫어. 싫어.

우영애   왜?

차고은   그런 광경이면 어떡해.

김다혜   무슨 광경?

우영애   우리가 예상하는 그런 광경.

차고은   (부끄러워하며) 어우 야, 몰라. 하지 마.

김다혜   명희가 미쳤냐? 처음 보는 남자랑?

다혜가 안쪽으로 들어간다.

우영애   있어?

김다혜   (소리) 아무도 없는데?

차고은   (고개 들이밀고) 잠깐만 남자냄새!! 여기서 잔 게 틀림
        없어.

김다혜   (소리) 작은방에서 따로 잤네.

차고은   왜 따로 잤대?

우영애   뭐야. 벌써 가버린 거 아냐? 우리 허탕 친 거 아니니?
        아침부터 이렇게 달려왔는데. 전설 속의 남자를 얼
        굴도 못 보고 놓친 거야?

차고은   그럼 빨리 항구로 가볼래? 배를 기다리고 있을지도
        몰라.

다혜, 밖으로 나온다.

김다혜 그러던가. 영애 너, 여자한테 거시기를 걷어차여 고
자가 된 남자를 보려고 한 시간 동안 따라간 적도 있
잖아.

차고은 맞아. 호호.

우영애 그래서 봤잖아.

차고은 대박 봤다고? 봤다고?!

우영애 얼굴, 얼굴! 뭘 생각 한 거야. 도대체!

김다혜 아무튼 괜히 헛걸음했다. 형진이 그 바보 녀석 말 믿
고 이게 뭐냐? 아침 댓바람부터. 가자. 우리 멍멍이
밥이나 줘야겠다.

우영애 아쉽다.

다혜, 밖으로 나가자마자 다시 들어온다.

김다혜 온다. 온다.

차고은 뭐?

김다혜 그 남자. 어떡해. 어떡해.

우영애 뭘 어떡해. 그냥 있으면 되지.

차고은 잘 생겼어?

김다혜 쉿.

강석. 잔뜩 땀을 흘리며 목에 수건을 두르고 들어온다. 여자들을 보고 멈칫한다.

이강석 아 누구?

김다혜 안녕하세요.

이강석 아, 예. 안녕하세요.

차고은 저희는 명희언니랑 아는 사이….

이강석 명희씨 항구에 갔는데.

김다혜 아, 그렇구나.

우영애 조깅하고 오시나보다.

이강석 예. 경치가 좋더라고요. 어두울 땐 몰랐는데 저 멀리 해변까지 다 보이고.

김다혜 저기… 태백산 하이에나를 때려죽인 분 맞죠?

이강석 네. 맞습니다.

차고은 어머, 정말 대단해요. (들고 있던 바구니에서 과일을 꺼내며) 이거 좀 드시라고 가져왔어요. 과일이에요.

이강석 감사합니다.

우영애 혹시 (펜과 책을 내밀며) 여기 싸인 좀 부탁드려도 될까요?

이강석 싸인이요?

우영애 네. 이 책은 "팔도의 악당들"이란 책인데요. 강원도 지역 대표 악당으로 태백산 하이에나가 소개되었거든요.

이강석   그런 책이 있었군요.

우영애   악당을 때려죽인 분의 싸인을 제가 언제 받아보겠
         어요.

이강석   예, 그럼.

책에 싸인을 하는 강석.

차고은   어머, 이 팔뚝에 힘줄 좀 봐.

우영애   하나도 안 늙어 보여요.

이강석   예?

우영애   한약 잘 못 드셨다고.

이강석   아.

김다혜   (핸드폰을 꺼내어 셀카를 찍으려고) 자, 모두 여기 보세요.

모두 함께 카메라 보고 찰칵.

김다혜   감사합니다.

차고은   언니, 나 이분이랑 따로 한 장 찍어줘.

우영애   나두! 나두!

차고은   기다려. 나 먼저 찍고.

고은, 강석에게 팔짱끼고 사진 찍는데 미자가 보자기를 들고
들어온다.

오미자   뭐야? 너희 언제 왔어?

우영애   소문 들으셨어요?

차고은   이분이 바로

고은·영애 태백산 하이에나를 때려죽이신 분이에요!

오미자   알아. 이것들아. 내가 우리 마을에서 일빠로 알았
        을 걸?

김다혜   그럼 그렇지. 우리 오미자 여사님께서 모를 리가
        없지.

오미자   강석씨, 이름이 강석씨 맞지? 어젯밤엔 내가 사과할
        게. 나도 서운해서 그랬어. 내가 좀 성급하긴 했지만
        다짜고짜 거절하니까 울컥했네. 아무튼 사과의 의
        미에서 선물을 좀 가져왔거든? (보자기 풀며) 이거 장
        어즙인데 내가 직접 갈아 만든 거야. 하루에 한 컵씩
        마시면 그냥 아주 효과 직빵이야. 자, 받아.

이강석   무슨 효과요?

오미자   응? 뭘 묻고 그래. 깔깔깔. 아, 그리고 참, 강석씨 돌
        고래 좀 탈 줄 알아?

이강석   돌고래요? 아니요.

오미자   멀쩡한 총각이 돌고래도 안 타보고 뭐했어? 괜찮아.
        금방 배워. 이 마을이 돌고래 시합으로 유명한 거 알
        지? 내일 시합이 열리는데 내가 강석씨 이름으로 참
        가신청 했어.

이강석   예? 제 이름으로요?

차고은　잘 하셨어요. 태백산 하이에나를 때려눕힐 정도면 돌고래 시합도 거뜬히 우승할 거예요!

우영애　맞아요! 우리가 응원할게요!

이강석　이거 참… 돌고래는 한 번도 안 타봤는데 그게 될까요?

차고은　다혜 언니가 조금 가르쳐주면 되겠다.

우영애　맞아요. 다혜 언니 잘 타잖아. 언니 선출이잖아.

고은·영애　선수 출신!

이강석　아 정말요?

김다혜　이따 오후에 연습해보실래요? 저랑 같이 가요. 알려드릴게요.

이강석　그럼 해보죠 뭐 까짓 거. 제가 태백산에서 늑대랑 호랑이는 좀 타봤거든요.

차고은　늑대랑 호랑이를 탔다고요? 정말요?

이강석　아, 다들 바닷가에 사셔서 잘 모르시죠? 제가 살던 곳에선 집 마당에 늑대나 호랑이 한 마리씩 다 키우고 그러거든요.

우영애　우와!

차고은　사납지 않아요? 안 물어요?

이강석　그게 길들이기 나름인데요. 저는 어려서부터 태백산에서 자랐으니까 그런 야생동물들을 잘 알거든요. 처음에 기선제압을 하는 게 제일 중요해요.

우영애　어떻게요? 보여주세요.

이강석 일단 그놈들과 눈을 딱 마주치면 절대 피하지 말고 뚫어지게 보는 거예요. 그럼 이놈들도 딱 긴장을 하거든요. (어딘가 노려보며) 내가 네 주인이다. 나한테 복종해라. 이런 마음으로 노려보며 서서히 다가가는 거죠. 그럼 이놈들이 살짝 주춤하면서 뒷걸음을 친단 말이에요. 그러다 어느 순간, 약점이 포착되는 순간이 있어요.

김다혜 그게 언젠데요?

이강석 음, 이게 말로 설명하기 좀 어려운데… 느낌이 있어요. 본능적인 느낌이죠. 혹시 나중에 태백산에 오시게 되면 보여드릴게요. 아예 다 같이 한 번 저희 리조트에 초대를 해드릴까?

여자들 리조트?

차고은 대박!

여자들 좋아요!

김다혜 초대해주세요!

우영애 꺄아!

오미자 야야야 뒤로 한 걸음씩. 이것들이.

이강석 아무튼… 어디까지 했더라?

차고은 본능이요! 본능적인 느낌!

이강석 맞아요, 본능적인 느낌이 오는 바로 그 순간, 휙 몸을 날리면서 (다혜에게) 여기 목덜미 부분 있죠? 와 보기 드문 아름다운 목선을 가지고 계시네요? 그

부분을 두 손으로 확 낚아채면서 그놈 등에 올라타
는 거예요.

오미자 어우, 부러워.

이강석 예?

오미자 아니야. 계속 해.

이강석 음, 뒤에서 헤드락을 걸듯이 매달리는 거죠. 그럼 이
놈들이 어떻겠어요?

오미자 좋아하겠지.

이강석 놀라겠죠?

우영애 소리 지르고 펄쩍 뛰겠죠?

오미자 깔깔깔! (영애를 퍽 때리며) 어우, 야.

우영애 왜 이래. 정말.

이강석 그때 절대 겁내거나 손을 놓으면 안돼요. 그놈이 지
칠 때까지 등에 계속 딱 달라 붙어 있는 거예요. 그
러다 시간이 지나면?

김다혜 점점 쓰러지겠죠?

오미자 그렇지. 늘어져. 숨차. 은근히.

이강석 그때가 또 중요해요. 침착하게 (다혜, 영애, 고은 순서대
로 머리를 쓰다듬으면서) 다가가면서 머리를 쓰다듬어
주면서 착하지? 고마워. 고맙다. 고마워. 이렇게 하고
(미자를 무시하면서) 쿨하게 토끼 한 마리를 툭 던져줘
요. 그걸로 끝. 그때부터 이놈은 사랑스러운 내 애완
동물이 되는 거죠.

오미자 나두, 나두! 애완동물!

김다혜 그만 좀 하세요.

차고은 멋지다. 꼭 영화에 나오는 이야기 같아요.

이강석 어? 어떻게 아셨지? 실제로 이런 이야기를 바탕으로 영화를 찍기도 했어요. 저도 출연했구요.

우영애 진짜요?

오미자 영화에 출연했다고?

이강석 뭐 대단한 건 아니고 소규모 저예산 영화인데 제목이…"정글맨"이라고 혹시 들어보셨어요?

차고은 아니요.

오미자 아니, 아니!

이강석 정글에 버려진 한 소년이 동물들과 함께 자라면서 겪는 뭐 그런 내용인데….

김다혜 그 소년 역할을 하신 거예요? 주인공?

이강석 네. 아역은 따로 있고 전 성인이 된 후 역할이었죠.

우영애 넷플릭스에 있어요?

이강석 아마 없을 거예요.

차고은 인터넷에 찾아보면 다운받아 볼 수 있을 걸?

이강석 글쎄요. 스트리밍 서비스밖에 안됐던 거 같은데 지금은 모르겠네요. 몇 년 지나서 아마 보기 힘든 걸로 알고 있어요.

오미자 그게 뭐여. 스트리밍?

이강석 뭐 그런 게 있어요. 갑자기 영화에서 불렀던 노래가 생각나네요. 나는 나는 정글맨~ 자유롭게.

여자들 박수를 치면서 환호한다.

이강석   아무튼 그 영화에서 이런 장면이 기억나네요. 정글에서 어떤 여자들이 길을 잃고 지쳐있어요. 두 분 잠깐 도와주시겠어요? (영애와 고은에게) 잠깐 나오세요.

오미자, 영애를 밀치고 나선다. 고은과 미자가 앞에 선다.

이강석   (미자가 나온 게 탐탁지 않지만) 예, 뭐 좋습니다. 제 옆에 서세요. 몹시 지친 상태인 거예요. 어떻게 되겠어요. 몸이 축 늘어지겠죠? 그때 사나운 곰이 앞에 나타나게 되죠. 겁에 질린 두 여자가 어쩔 줄을 모르고 서있겠죠? 사람이 겁에 질리면 몸이 굳어버리거든요. 비명만 지르고 도망도 못 가고 그대로 있는 거죠. 자, 비명. 큐!

두 여자, 비명 지른다.

이강석   됐어요. 그만. (미자가 계속 비명 지르자 버럭) 그만, 그만! 음, 자, 그 순간, 제가 어디선가 나무줄기를 타고 공중에서 빙글 한 바퀴를 돌면서 나타나는 거죠. 그

리고 두 여자의 옆구리를 손으로 이렇게 확 낚아채
며….

명희가 생선이 가득 든 가방을 들고 들어온다. 강석이 손으로
두 여자의 허리를 감싸면 수줍어하는 고은과 좋아하는 미자.

이강석 하늘을 가르면서 멀찌감치 안전한 곳에 탁! 착지한
        후 그녀들에게 귓가에 나지막이 속삭이죠. 저음으로
        낮게.

배명희 뭐하는 거야?

이강석 뭐하는 거야? 아, 이게 아니고….

두 여자, 강석에게서 떨어진다.

김다혜 명희야, 왔어?

배명희 다들 여기서 뭐하냐고.

우영애 그냥 얘기 듣고 있었어요. 정말 재밌으시다.

배명희 다혜, 넌 왜 왔어?

김다혜 왜 왔긴. 오늘 도루묵찌개나 좀 할까 해서….

배명희 도루묵 없어. 고등어랑 놀래미 몇 마리가 다야.

김다혜 그래?

배명희 언니는 또 왜 왔어요? 어제 그러고 삐져서 가고선.

오미자 난 강석씨한테 (장어즙 가리키며) 저것 좀 주려고 왔어.

멀리서 와서 피곤할 텐데 힘내라고.

배명희 이 과일은 뭐야?

차고은 그건 제가….

배명희 이제 볼 일 다 끝났으면 그만 가줄래? 모두?

오미자 아주 유세네. 유세야. 집안에 남자 없는 년 어디 서러 워서 살겠나.

배명희 뭐라고요?

오미자 아이쿠, 무서워라. 강석씨, 내일 돌고래 시합 나가는 거 잊지 말고.

김다혜 나도 갈게.

우영애 저희도요.

김다혜 (강석에게) 이따 돌고래 연습! 모시러 올게요.

명희와 강석만 남고 모두 퇴장한다.

배명희 좋아요?

이강석 뭐가요?

배명희 여자들 사이에 둘러싸여 있으니까?

이강석 이 마을 아가씨들은 참 순수하고 착한 거 같아요.

배명희 돌고래 시합은 뭐예요?

이강석 저 아줌마가 제 이름으로 신청을 했다네요. 허허. 참. 저는 돌고래를 한번도 타본 적이 없거든요. 제가 태 백산에서 늑대와 호랑이는 타 봤는데… 별로 안 궁금해요?

배명희 별로요.

이강석 화났어요?

배명희 아니요. 제가 왜요?

이강석 다른 아가씨들은 제 얘기를 재밌어하는데 명희씬 별로라고 하니까.

배명희 항구에 갔다가 들었는데 옆 마을에 어떤 남자가 사람을 찾고 있대요.

이강석 왜요?

배명희 모르죠. 남자 사진을 보여주면서 혹시 본 적 있냐고 묻는다던데. 아마 우리 마을에 곧 올지도 몰라요.

이강석 형사들인가? 나를 잡으러 왔나? 그렇다면 이거 큰일인데. 여기도 오겠죠? 다른 곳으로 도망가야 하나? 그냥 숨을까요?

배명희 당신이 어디에 있든 간에, 형사건 누구건 만나는 대로 씨부렁거리는 그런 계집애들이랑 떠들다간 바로 잡히겠죠? 나 여기 있소! 하고 외치는 꼴이니까.

이강석 아니, 그 아가씨들이 내 얘길 퍼뜨린단 말인가요?

배명희 벌써 몇 사람한테 말했을 걸요?

이강석 이런, 앞으론 조심해야겠네요.

배명희 이 마을 사람들은 이야기 만드는 걸 좋아하거든요. 괜히 설화 마을이 아니에요. 늑대와 호랑이를 타봤다고 했어요? 아마 며칠 후면 당신이 거대한 공룡이

나 불을 뿜는 드래곤을 타고 다닌다고 누군가는 말할 거예요. 아, 어쩌면 이 마을 모든 처녀들이 당신을 구경하기 위해 여기로 몰려들지도 모르겠네. 좋으시겠어요.

이강석 이 마을, 아니 우리나라 모든 처녀들이 몰려와도 난 관심 없어요. 난 지금 여기 있고 나를 여기에 머물게 해주는 사람은 한 사람뿐이니까. 그렇게 해 줄 거죠?

배명희 뭐, 뭘요?

이강석 나 여기 계속 있어도 되죠?

배명희 일주일만 있을 거라면서요.

이강석 마음은 변하는 거죠. 그럴 만한 이유만 충분하다면.

배명희 마음이 변했나요? 왜 변했는데요?

이강석 나도 이 마을에 오기 전까지 그럴 생각이 없었는데… 여기 와서… 그러니까 명희씨를 만나고 나니까 더 있고 싶어졌어요. (손을 잡으며) 밤새 생각했는데… 떠나기 싫어졌어요.

배명희 (손을 슬쩍 빼고 피하며) 당신은… 이상해요. 정말 살면서 당신같이 이상한 사람은 처음이에요.

이강석 뭐가요? 뭐가 이상하죠?

배명희 당신의 얘길 듣고 있으면 그냥… 뭐랄까. 생각이 없어져요. 그냥 멍해진다고 할까?

이강석 명희씨가 이상한 거 아니에요?

배명희 그런가? 나 왜 이러죠? 아무래도….

뚜벅뚜벅 걸어가는 이강석. 명희를 와락 끌어안는다. 숨이 멎듯 굳어버리는 명희.

이강석   괜찮아요. 조금도 이상하지 않아요.

밖에서 형진의 목소리 들린다.

마형진   (소리) 명희야, 명희야!

확 떨어지는 두 사람. 쇼핑백을 든 형진이 들어온다. 이어서 미자, 따라 들어온다.

마형진   명희야, 살만큼 살았네.
배명희   뭐?
마형진   살만큼 살았네 공동묘지!
배명희   거기 왜?
마형진   아버님이 거기 쓰러져서 주무시고 계셔.
배명희   엄마 묘지에? 왜?
오미자   왜긴 왜야? 장례식장 끝나고 묘지에서 2차 한 거지.
배명희   또 술 취했어? 내가 못 살아. 정말.

명희, 뛰어나간다.

오미자 너도 못 살겠니? 살만큼 살았네. 깔깔깔.

이강석 명희씨, 저도 같이 가요!

오미자 (붙잡으며) 명희 혼자면 돼. 그리고 형진이가 뭐 할 말 있다네.

이강석 저한테요?

마형진 (주머니에서 기차표를 꺼내며) 이거 받아. (강석이 쳐다보자) 이십대. 내가… 형이지만 이거 좀 받아주세요. 서울로 가는 기차표에요. (쇼핑백을 건네며) 이것도 받아주세요. 이태리 장인이 만든 양복이랑 구두에요. 이거 진짜 비싼 건데… 부탁합니다. 이거 입고 제발 여길 떠나서 우리 마을을 조용하게 해줘요. 네?

이강석 나를 왜 여기서 내쫓으려는 거죠?

마형진 난 당신처럼 멋진 말도 못하고 (편지를 꺼내며) 잠깐만요 허풍도 못 떠니까 솔직하게 말할게. 난 명희랑 결혼하기로 되어있는데 설화 속 남자라고 믿는 당신이 나타난 거야. 명희가 당신한테 반해서 당신을 좋아하게 될까봐 난 정말 겁이 나서 미칠 거 같아. 그리고 당장 꺼져. 이 새끼야. 아 이건 아니고. 죄송해요.

이강석 그래서 내가 이걸 받고 서울로 떠날 거라고 생각하셨다?

마형진 당신한테는 서울이 어울려요. 당신같이 대단한 남자가 왜 이런 작은 마을에 있어요? 큰물에서 놀아야죠.

오미자 그건 그렇지. 서울엔 더 예쁘고 아름다운 여자들이 훨씬 많을 텐데. 태백산 하이에나 죽인 이야기를 방송에 나가서 들려줘봐. 아마 세상 모든 여자들이 자기랑 결혼하기 위해 줄을 설 거야.

마형진　명희는 당신 앞에선 요조숙녀처럼 아양을 떨고 있지만 사실 성격이 얼마나 지랄 같은데요. 아마 조금만 지나면 쌍욕을 뱉으면서 치고 박고… (무릎을 꿇으며) 명희는 나 같은 사람이라야 같이 살 수 있어요. 할퀴든 꼬집든 그저 때리면 가만히 맞고 있는 나같이 덜떨어진 사람이라야 된다고요.

이강석　허허 참.

마형진　제발 부탁드립니다.

오미자　우선 옷이나 입어 봐. (안으로 밀며) 사이즈가 맞을라나 모르겠네. 대충 눈짐작으로 맞추긴 했는데. 맞는지 안 맞는지 입어본 다음에 대답해도 늦을 건 없잖아.

이강석　입어볼게요. 하지만 이걸 입어본다고 떠나겠단 뜻은 아닙니다.

강석, 쇼핑백을 들고 안으로 들어간다.

마형진　어쩌지? 저 놈이 진짜 안 떠나면 나 어떡해요?

오미자　원래 여자는 저런 듬직한 남자를 좋아하지.

마형진　듬직하기로 치면 내가 낫죠. 내가 훨씬 키도 크고 덩치도 크고. 맞아. 그리고 저 사람은 나보다 나이도 어려요. 내가 형이라고요.

오미자　쯧쯧. 겉으로 보이는 모습 말고.

마형진　몰라요. 차라리 경찰에 신고할까? 붙잡아가라고? 어쨌든 살인을 한 거잖아. 아, 그런데 나중에 출소하면? 아마 날 죽이러들겠죠? 아줌마, 아니 누나. 저 좀 도와주세요. 방법이 없을까요?

오미자　만약 내가 저 남자를 꼬셔서 둘을 갈라놓으면 나한테 뭐 해줄래?

마형진　말씀만 하세요. 뭐든지 해드릴게요.

오미자　너희 마트 뒤에 창고 하나 있지?

마형진　3층짜리 건물이요?

오미자　응. 그거 나 줘.

마형진　그건 아버지 명의로 되어있어서 좀….

오미자　(가려는 듯) 혼자 잘해봐라.

마형진　그 창고는 이제부터 아줌마 거예요,

오미자　그래?

마형진　제가 아버지를 설득하든 몰래 인감도장을 훔치든 어떻게 해볼게요.

오미자　진짜지?

마형진　네.

오미자　약속했다 너. 그럼 이제 가봐.

마형진　예? 어디를요?

오미자　네가 없어야 내가 단둘이 남아서 수작을 걸지. 명희한테나 가봐. 여기로 못 오게 시간이나 좀 끌어.

마형진 아, 그렇구나. 알겠어요. 수작. 수작 수작 수작 파이팅.

형진, 퇴장한다. 두리번거리며 슬며시 방 쪽으로 다가가는 오미자.

오미자 (안쪽을 향해) 아직 멀었어?

이강석 (소리) 다 됐습니다.

강석, 양복을 입고 나온다.

오미자 어머나, 정말 근사하네! 하나님한테 감사해야겠어. 어쩜 이런 멋진 남자를 보잘 것 없는 마을에 보내주시다니!

이강석 보잘 것 없다니요. 정말 마음에 드는 마을인데요.

오미자 돌고래 시합 때 이 옷을 입고 나가면 되겠어.

이강석 예? 시합 때 양복을 입어요?

오미자 당연하지. 규칙이야. 돌고래 시합 선수복장은 양복이라고. 그래야 품위 있고 격식 있어 보이니깐.

이강석 이해는 안 되지만… 그러죠 뭐. 그런데 아까 그 사람은?

오미자 아, 어디 좀 간다고 하더니 나가던데. 자, 이리 와서 좀 앉아. 나랑 얘기나 좀 해.

이강석　전 명희씨한테 가봐야 할 것 같은데.

오미자　(강석에게 백허그 하며) 아이, 조금만 있다가 가. 우리 둘 이야말로 서로 꼭 어울리는 친구가 될 거 같지 않아? 비슷한 점도 많은 것 같은데?

이강석　(미자를 내 팽개치며) 급한 얘기가 아니면 다음에 하는 걸로 하죠.

오미자　야 이 새끼야.

당당하게 뿌리치고 나가던 강석, 나가자마자 곧바로 다시 들어 온다. 매우 당황한 모습이다.

이강석　이거 어쩌지? 큰일 났네!

오미자　뭐야. 왜 그래?

이강석　누가 왔는데… 나 없다고 아니, 못 봤다고 좀 해줘요. 제발.

오미자　누군데? (창문을 통해 밖을 보며) 저 젊은 총각?

이강석　부탁할게요!

이강석, 안으로 들어간다. 수려하게 생긴 한 청년이 들어온다. 머리에 붕대를 감고 있다.

이버섯　계세요?

오미자　(버섯을 보고 마음에 드는지) 어머, 어서 와요.

이버섯	와 여기 경치 진짜 좋아요.
오미자	그렇지? 여기가 바다가 잘 보여요. 회 한 접시 드시게?
이버섯	아 회 못 먹어요.
오미자	아 그렇구나 근데 무슨 일로?

버섯, 사진을 꺼내어 보여준다.

이버섯	아 제가 사람을 찾는다고요. 혹시 이렇게 생긴 사람 못 보셨어요?
오미자	(사진을 받아보며) 어디보자. 본 것 같기도 하고, 못 본 것 같기도 하고….
이버섯	이쪽으로 온 게 분명한데.
오미자	우리 마을에 뱃사람들이 워낙 들락거리니까… 호호. 잘 모르겠네.
이버섯	(다시 사진 받고) 그렇군요. 알겠습니다.
오미자	총각. 잠깐만 앉아봐. (나무에 매달려 있는 포대를 보며) 근데 여긴 뭐가 들었나?
이버섯	아 이거 제 간식인데요?
오미자	무슨 간식?
이버섯	개구리 말린 거랑, 지렁이, 밤송이, 칡이요.
오미자	아 그나저나 어떤 관계예요? 이 사람이랑?
이버섯	제 아버지세요.
오미자	뭐?

이버섯   제 아버지세요!

오미자   뭐라고?

이버섯   제 아버지세요!!. 잘 안 들리시나?

오미자   이 사람이 나이가 어떻게 되는데요?

이버섯   올해 쉰셋 되셨어요.

오미자   68년 원숭이띠?

이버섯   네. 맞아요.

오미자   하아. 진짜?

이버섯   왜 그러세요?

오미자   아니에요. 그런데 아버지를 왜 찾아다녀요? 전화해
         보지.

이버섯   안 받으세요. 사고를 좀 치셔서 도망 다니고 계세요.

오미자   무슨 사고?

이버섯   닭 모이 주고 닭장 문을 또 안 닫아서 닭들이 산으
         로, 들판으로 다 도망가 버린 거예요. 100마리도 넘
         을 걸요? 엄마가 빡이 돌아서 죽이네, 살리네! 난리
         가 났죠. 엄마가 기가 좀 세시거든요. 지난번엔 외양
         간에 소똥 제대로 안 치웠다고 두꺼운 빨래방망이로
         머리를 맞고 머리가 터져서 병원에 실려 간 적도 있
         어요. 사람 머리에서 피가 그렇게 난 거 본 것 처음
         봤어요.

오미자   아이고 그런 일이 있었어?

이버섯   아무튼 이번엔 아버지가 정말 무서웠나 봐요. 닭들이

푸드드드득 자유를 찾아 해방되는 순간, 아버지도 자
유를 찾아 달아난 거죠. 한편으로는 안타깝고 이해도
되요. 십수 년 동안 그 수많은 닭과 소들을 혼자 다
키우셨거든요. 얼마나 고생 많이 하셨다고요.

오미자 기가 막히네. 기가 막혀.

이버섯 뭐가요?

오미자 십수 년 동안 닭과 소들을 키우느라 얼마나 힘들었
을까. 늑대와 호랑이도 아니고.

이버섯 예?

오미자 그래서 태백산에 사는 건 맞고?

이버섯 맞아요. 어떻게 아셨어요?

오미자 그냥 찍었어.

이버섯 저희 집이 태백산 깊숙이 오두막을 짓고 살아서 도
시에 내려올 일이 별로 없어요. 이 마을엔 사람도 많
고 바닷가 경치도 좋네요. (창밖을 보며) 아버지도 여기
오셨으면 좋아하셨을 텐데.

오미자 그러게. 좋아하더라.

이버섯 네? 누가요?

오미자 다들! 다들 여기 처음 오면 좋아하더라고. 그 머리는
왜 다쳤대?

이버섯 엄마가 당장 아버지를 잡아오라고 야단을 쳐서 제가
쫓아갔죠. 며칠 뒤, 태백산 아랫마을 사우나에서 아
버지와 딱 마주친 거예요. 절대 돌아가지 않겠다는

아버지를 붙잡고 실갱이를 하다가 비누를 밟고 미끄러졌는데 그만 머리를 찧어버렸죠.

오미자 아이고, 저런. 조심해야지.

이버섯 어쨌든 못 보셨다 이거죠? 옆 마을에선 아버지랑 닮은 사람을 봤다는 사람들이 꽤 있던데 이상하네요. 분명히 이쪽으로 왔을 텐데.

오미자 어디 다시 봐. (사진 다시 보더니) 아, 그러고 보니 비슷한 사람을 본 것 같네.

이버섯 정말요? 어디로 갔죠?

오미자 글쎄, 배를 타야겠다면서 항구 쪽으로 간 거 같은데?

이버섯 예? 아니, 진작 좀 알려주시지.

오미자 미안해. 요즘 내가 눈이 침침해서.

이버섯 지금 가면 따라 잡을 수 있을까요?

오미자 저 아래 바닷물이 빠진 갯벌을 건너가면 따라갈 수 있을걸? 그 사람은 언덕길로 갔으니 한참을 돌아가야 하거든. 저쪽으로 곧장 내려가서 해변에 시합장을 만들고 있는 반대편으로 곧장 가면 돼요.

이버섯 네네, 감사합니다!

이버섯, 퇴장한다.

오미자 (문에다 멀리) 아버지를 잡으면 자기 인생 알아서 살라고 하고 총각은 여기 다시 한 번 들러요. 보니까 아직 팔팔한 이팔청춘인 것 같은데. 아버지 챙기다 세월 다 가니까. 인생 즐겨야지! 깔깔깔!

강석, 나온다.

오미자 이게 어떻게 된 걸까? 입이 있으면 뭐라고 말을 좀 해보시지.

이강석 이 사실을 명희씨가 알게 되면 날더러 뭐라고 할까요?

오미자 그년 성격에 분명히 가만있진 않겠지. 곡괭이로 당신 머리를 반으로 쪼갠 다음 저 앞 모래사장에 파묻어 버릴 지도. 깔깔깔.

이강석 제 아들놈에게 들어서 아시겠지만 전 십년 넘게 태백산 깊은 산 속 오두막에서 닭과 소만 키우며 살았어요. 마누라의 감시 속에 인생을 송두리째 날리며 허송세월만 보낸 거죠. 한참이 지난 후에야 깨달았답니다. 아, 내가 왜 이렇게 살아야하나. 닭들을 실수로 놓아준 게 아닙니다. 제가 미쳐버렸는지 모르겠지만 갑자기 닭장 속에 닭들을 보면서 제 인생과 닮아있다는 생각이 드는 거예요. 너희는 왜 여기에 갇혀서 살고 있니? 그래, 나가라. 나가서 너희 마음대로 살아라. 그렇게 일부러 풀어준 겁니다.

오미자 그래서 닭들과 함께 달아난 거고? 마누라한테 맞아

죽을까봐?

이강석 제 나이 이제 쉰셋. 이제라도 제 인생의 의미를 찾고
싶습니다. 그리고 여기서 명희씨를 만나면서 잠재되
어 있던 가슴 속 열정에 눈을 떴습니다. 까맣게 잊고
있던 내 안의 무언가를 찾은 겁니다. 부탁드릴게요.
저 좀 도와주세요. 이대로 이렇게 다시 태백산으로
돌아갈 수 없습니다.

멀리서 여자들의 웃음소리 들린다. 창밖을 보는 미자.

오미자 아가씨들이 오는 모양이네.

강석, 창밖을 보고 안절부절 어쩔 줄 모르고.

이강석 오, 이런. 설마 모두에게 이 사실을 알릴 생각은 아
니죠?

오미자 내가 시키는 대로 할래요? 강석씨가 나보다 나이가
많다는 진실을 알게 됐지만 난 여전히 당신에게 매
력을 느끼니까요. 왜? 전에도 얘기했듯 우린 비슷한
점이 많거든. 내가 당신을 좋아하는 것도 그것 때문
이고. 자, 언덕 넘어 우리 집에 가서 같이 살아요. 그
럼 아무도 당신한테 살인을 했네, 어쩌네 하지 못할
거예요. 사랑해요.

이강석 명희씨랑은 이대로 끝내란 말인가요?

오미자 당신은 오십셋이라며? 명희랑 어울린다고 생각해요? 완전 도둑놈이네. 딸 같은 아이랑 뭘 어쩌겠다고? 당신은 나랑 어울려요. 나는 마흔아홉이거든. 우린 궁합도 안 본다는 네 살 차이에요. 나와 함께 지금이라도 알콩달콩 재미나게 삽시다.

우영애 (밖에서 소리) 강석씨!

김다혜 (소리) 돌고래 시합 연습하러 가요!

차고은 (소리) 오빠 달리자구요.

오미자 자, 결정해요. 어떡할래요?

이강석 전 명희씨를 포기할 수 없습니다. 아무리 나이 차이가 많이 난다고 해도 그것은 숫자에 불과할 뿐, 저는 진심으로 명희씨를 사랑하게 됐단 말입니다. 부탁할게요. 내가 명희씨랑 제2의 인생을 살 수 있게 도와주세요.

오미자 내가 왜 당신을 도와줘야 하죠? 나한테 뭐 좋을 게 있다고?

이강석 돈을 드리겠습니다. 제가 조금씩 모은 전 재산입니다.

오미자 얼만데?

이강석 천만 원.

오미자 없던 얘기로 합시다.

이강석 천오백만 원….

오미자 아니 지금 내가 그깟 돈 몇 푼에….

이강석	삼천만 원.
오미자	언제까지 입금 가능하죠?
이강석	이번 주 내로 입금해드리겠습니다.
오미자	계약 완료! (악수하며) 비밀보장 걱정 마세요.
김다혜	강석씨!
우영애	들어가도 돼요?
이강석	잠깐만요! 그런데 혹시 내 아들놈이 다시 돌아오면 어쩌죠?
오미자	그 녀석은 머리를 다쳐서 미친놈이고 당신 아들이 아니라고 하면 되죠.

여자들, 들어온다.

김다혜	어머, 강석씨! 벌써 시합복장까지 다 갖춰 입으셨네?
차고은	멋지다. 잘 어울려요.
김다혜	어서 가요. 바닷가에 연습준비 다 해놨어요.
우영애	다혜 언니가 팔팔하고 재빠른 돌고래로 골라놨대요.
김다혜	당연하지. 돌고래 시합은 어떤 돌고래를 타느냐가 제일 중요하니까.
차고은	재밌겠다. 분명히 잘 타실 거야. 늑대와 호랑이도 타신 분이니까.
우영애	이러다 해지겠어요. 자, 빨리 가요.
이강석	네, 가시죠.

오미자만 남기고 모두 퇴장한다.

오미자　괜히 김치국만 마셨네. 그래도 이 마을에서 저 사람 도와주는 게 나같이 남편이나 죽인 과부뿐이라니 참 웃긴 일이야. 돈이나 뜯어내야지 뭐.

암전.

4장

배상철　명희야, 명희야!

무대 밝아지면 상철이 명희를 찾고 있다.

배상철　아이고, 머리야. 내가 분명히 살만큼 살았네 묘지에서 술을 마신 건까지는 기억이 나는데….

종태가 들어온다.

남종태　일어났어?
배상철　내가 또 취해서 뻗은 거지?
남종태　그렇지. 제수씨 무덤에서 한 잔 더하자고 자네가 하도 막무가내로 떼를 쓰는 바람에… 나중에 명희가 와서 데려갔지.

배상철   명희는 못 봤나?

남종태   아침 일찍 어디 나가던데. 돌고래 시합 구경 갔겠지 뭐.

배상철   돌고래 시합? 아이쿠, 오늘이 그날이구만.

남종태   자네 못 들었나? 그 늘푸른 총각도 돌고래 시합에 참가한다고 하던데.

배상철   그래? 그 친구 정말 못하는 게 없구먼.

남종태   마을 처녀들이 그 총각 때문에 아주 난리야. 난리.

배상철   왜?

남종태   그 설화 때문이지 뭘. 장차 왕이 될 남자가 우리 마을에 드디어 나타났으니 오죽하겠나? 지금도 다들 그 총각 응원하러 죄다 돌고래 시합장에 모였다고! (창밖을 가리키며) 여기서도 보여. 봐.

배상철   (같이 보며) 어디? 정말이네. 많이들 모였구먼.

버섯, 들어온다.

이버섯   아줌마! (상철과 종태를 보고) 어? 안 계시나?

남종태   누굴 찾으슈?

이버섯   여기 어제 어떤 아줌마 계셨는데….

배상철   미자를 말하는 모양이네.

남종태　미자는 왜?

이버섯　제가 사람을 찾고 있는데요. 어제 그 아줌마가 저한테 저쪽 갯벌을 지나 항구로 가면 지름길이라 먼저 도착할 거라고 그래서 열심히 가서 한참을 기다렸는데… 아무리 기다려도 제가 찾는 사람이 안 오는 거예요.

배상철　뭔 소리야. 누굴 찾는데?

이버섯　아, 그게….

미자가 맥주캔을 들고 들어온다.

오미자　자, 일어들 나셨나? 이제 곧 돌고래 시합 할 시간….

이버섯　아줌마!

오미자　(버섯을 보고 나가면서) 이지만 전 바빠서 가보겠습니다.

이버섯　(미자를 따라가며) 아줌마! 아줌마! 어디 가요? 어떻게 된 거에요? 어제 알려주신 대로 먼저 가서 밤새 기다렸는데 아버지 안 오시잖아요.

오미자　그래? 거참 이상하네. 분명히 그쪽으로 간다고 했는데. 밤새 기다린다고 피곤하겠다. (강냉이를 주면서) 일단 앉아서 이거 먹고 있어.

미자, 상철과 종태에게 다가와 나지막이 속삭인다.

오미자	큰일 날 뻔했어요. 저 총각은 머리를 다쳐서 돌아버렸단 말이에요. 어제 자기가 서쪽나라에서 온 멋쟁이라고 하더니만 강석씨 얘길 듣더니만 갑자기 또 자기가 아들이라면서 태백산에서 아버지를 잡으러 왔다고 하는 거예요.
배상철	그래? 저런… 쯧쯧.
남종태	젊은 친구가 참 안타깝게 됐네. 어쩌다 저렇게 됐대?
오미자	뭐… 목욕탕에서 비누를 밟고 뒤로 자빠졌다나?
배상철	목욕탕에서? 그 목욕탕 이름을 저 친구 이름으로 지어줘야겠구먼. 어디 목욕탕이래? 태백산에 있는 목욕탕이래?
남종태	아니야. 아니야. 목욕탕보다는 비누를 저 친구 이름으로 짓는 게 좋겠어. 아니 근데 저 친구 이름을 모르잖아.
배상철	아 맞다. 이봐. 젊은 친구.
이버섯	예?
배상철	거 이름이 어떻게 되슈?
이버섯	버섯입니다. 이버섯.
배상철	뭐야 인마?
오미자	거봐요. 이상하잖아요. 사람 이름이 버섯이 뭐에요? 정신이 어떻게 된 게 틀림없다니까요.
남종태	아니, 이름이 버섯이라는 게 말이 되나? 장난치지 말고 진짜 이름이 뭐야?

이버섯   진짜예요. 성은 이씨고 이름은 버섯입니다. 제가 사는 집 근처에 버섯이 엄청나게 많거든요. 저희 어머니가 버섯을 캐다가 산통이 오셔서 거기서 저를 낳으셨대요. 그래서 버섯으로 제 이름을 지어주셨대요.

남종태   그래도 그렇지 자식 이름을….

배상철   야 이 자식아. 그럼 갯벌에서 태어나면 조개냐? 그럼 성이 피씨면 피조개냐?

이버섯   저는 제 이름이 좋은데요? 사람들이 신기해하고 재밌어하니까요. 제가 아버지랑 사우나 가는 걸 진짜 좋아하거든요. 한 번은 사우나에서 아버지가 저를 크게 부르셨어요. 야, 버섯! 그러니까 옆에 있던 아저씨가 그러는 거예요. 이봐요. 저 아이는 이미 벗었는걸요? 하하하하하하하하하하하! 재밌죠? 하하하하하하!

무표정으로 버섯을 바라보는 세 사람.

남종태   버섯돌이도 아니고. 참.

배상철   거 똑똑한 친구구먼.

오미자   미쳤다니까. 뭐가 똑똑해요?

배상철   그냥 그렇게 말하는 거지. 버섯돌이라고 하니까 똑똑하다고. 라임 맞춰서.

남종태   라임이 뭐야?

배상철   넘어가 그냥.

밖에서 함성소리가 들린다.

이버섯   응? 이게 무슨 소리에요?

오미자   어머, 시작하는 모양이네요!

이버섯   (창밖을 보며) 우와, 사람들이 새까맣게 모여 있네? 저기서 뭐하는 거예요?

오미자   돌고래 시합! 해마다 이맘때쯤 저기 앞바다에서 열리는 행사에요.

남종태   오랜 역사와 전통을 자랑하는 우리 마을 최고의 축제지!

오미자   (맥주 캔을 하나씩 나눠주며) 자 맥주, 맥주, 맥주 받으세요. 받으세요.

남종태   자리! 자리!

모두 창밖을 향해 의자를 가지고 와 자리를 잡고 앉는다. 함성소리 점점 커진다.

배상철   선수들이 등장하는군. 저기! 그 청년이 보이네. 늘푸른 청년!

남종태   그러네. 아가씨들이 아주 난리가 났네. 저저… 소리지르는 것 좀 봐.

오미자 호호, 아주 좋아서 입이 귀에 걸렸네.

배상철 내가 또 저 마음 알지. 내가 또 왕년에 3년 연속 우승을 차지한 시절이 있었거든. 그러니까 나 때엔 말이야…

이버섯 어? 저 사람… 우리 아버지랑 똑같이 생겼어요.

오미자 거봐요. 내 말 맞죠? 증상이 또 시작됐네.

배상철 이보게, 젊은 친구, 내가 지금 라떼 얘기를… 아니 나 젊었을 때 우승한 시절 얘기를 하고 있잖은가. 잘 들어보란 말이야. 그러니까….

남종태 출발했어! 돌고래들이 파도를 가르며 달리고 있네!

오미자 이랴! 달려라 달려!

남종태 어어? 그렇지! 그 청년이 선두로 치고 나오고 있구면!

배상철 이야, 제법인데?

오미자 돌고래 처음 타본다고 하던데 어쩜!

이버섯 이게 어떻게 된 일이지? 보면 볼수록 똑같잖아?

남종태 어? 저기 저기 저기 장애물을

오미자 펄쩍!

배상철 뛰어넘었어!

오미자 뒤에서 쫓아오고 있어요!

남종태 수십 명이 따라붙었어.

배상철 점프! 점프! 그렇지! 더 빨리!

남종태 야! 정말 날아다니는구나!

오미자 어어? 저러다 잡히겠다.

이버섯	잡힌다. 잡힌다! 역전됐어요!
오미자	세 번째로 떨어졌어! 아이고 속상해라!
배상철	아냐, 아냐. 일부러 저러는 거야. 페이스 조절!
이버섯	그래요?
남종태	그렇지. 그렇지!
배상철	봐봐. 자, 이제 한 바퀴 남았다!
오미자	S자 코스예요! 에스으으 통과!
남종태	힘내라! 힘내라! (다 같이) 힘내라!
배상철	어?
오미자	어?
남종태	어?
배상철	치고 올라간다. 잡아라. 잡아!
남종태	선두로 다시 올라갔어!
오미자	거의 다 왔어!
이버섯	어? 어? 어?
다같이	골인!
남종태	1등이야!
오미자	꺄아아아!
이버섯	만세! 만세!

모두 얼싸안고 좋아한다.

| 이버섯 | 저 사람 누구에요? |

남종태	누구?
이버섯	우승한 사람이요.
남종태	있어. 늘푸른 청년! 우리 마을의 전설 같은 남자지!
이버섯	예? 전설? 그것 참 요상하게 닮았네. (유심히 보며) 어? 아버지다. 가까이서 보니까 확실해요. 우리 아버지에요! (창밖에서 멀리 부르며) 아버지! 아버지! (밖으로 나가려고) 아버지한테 가봐야겠어요!

버섯을 붙잡는 오미자.

오미자	아니야! 저 사람은 총각 아버지가 아니라 그냥 닮은 사람이야. (종태에게) 뭐해요? 빨리 잡아요. 이 젊은 총각이 시상식 망치는 꼴을 보고만 있을 거예요?
남종태	그건 안 되지. 그럴 수야 없지!
이버섯	이거 봐요. 우리 아버지가 분명하다니까요!
배상철	이보게! 자네가 지금 머리를 다쳐서 사람을 잘 못 알아보는 거 같은데 저 사람은 내 딸과 결혼할 사람이라네.
이버섯	뭐라고요?
오미자	엥? 언제 또 그렇게 됐어?
배상철	난 결심했어. 바다를 가르며 질주하는 저 청년의 모습을 보며 내 딸을 저 청년에게 주기로!
오미자	참 순조롭네.

이버섯 말도 안 돼. 우리 아버지가 아저씨 따님과 결혼을 한 다고요? 따님이 몇 살인데요?

배상철 왜 이놈아. 그건 네가 알아서 뭐하게?

이버섯 우리 아버진 올해 쉰셋이거든요. 53세!

남종태 그러니까 자네가 찾는 사람이랑 다르단 거야. 저 청 년은 올해 스물넷이거든.

이버섯 이게 어떻게 된 일이지?

오미자 이봐요. 버섯총각. 저 사람은 아무래도 총각이 찾는 사람이 아닌 것 같아. 그냥 비슷하게 닮은 사람일 거 야. 어쩌면 뒤로 넘어진 후에 머리회로가 고장 나서 닮아 보이는 걸 수도 있어. 판단력이 흐려지는 거지.

이버섯 정말 그런가 봐요. 이렇게까지 분간을 못하는 경우 는 없었는데. 제가 경포대에서 여자애들이랑 일주일 동안 술을 퍼마실 때도 정신은 나갔지만 미치진 않 았었는데! 아무래도 내 머리가 어떻게 된 모양이에 요. 여기 가까운 병원이 어디죠? 얼른 병원에 가봐야 겠어요.

오미자 저쪽 길로 가다보면 사타구니 언덕이라는 가파른 길 이 나오는데 그 길 끝에서 육지 쪽으로 꺾어서 조금 만 가면 병원이 보일 거예요. 얼른 가 보슈.

이버섯 예, 감사합니다. 환자는 이만 물러가겠습니다.

배상철 잘 가시게. 버섯돌이 양반.

이버섯, 퇴장한다.

남종태 쯧쯧, 젊은 양반이 어쩌다 저리 됐을꼬?

배상철 안타깝지 뭐. 요즘 어디 저런 청년이 한둘인가?

오미자 맞아요. 자기 애비도 못 알아보고 참 안됐네. 에휴.

남종태 그에 비하면 저 늘푸른 청년은 참으로 멋지고 대단
하네.

배상철 암. 그렇지. 내 사위될 사람이네. 하하하.

오미자 경사 났네. 이제 결혼날짜만 잡으면 되겠네. 호호
호호.

암전.

5장

파도 소리, 갈매기 소리. 명희를 부르며 달려오는 강석의 외침.

이강석 (소리) 명희씨! 명희씨!

무대 밝아지면 해안가 절벽 어딘가. 명희가 즐겁게 웃으며 뛰
어서 등장한다.

배명희　(손 흔들며) 여기에요! 여기요!

이어서 강석이 가쁜 숨을 몰아쉬며 등장한다. 강석의 손에는
우승 트로피가 있다.

이강석　왜 이렇게 발이 빨라요? 깜짝 놀랐어요.

배명희　그 계집애들을 따돌리려면 빨리 뛰는 수밖에요. 정
　　　　　말 어찌나 꺅꺅대는지 제 귀가 아직도 얼얼해요.

이강석　여기에요? 아무도 모르는 비밀장소가?

배명희　네. 근사하죠? 뒤쪽은 절벽, 앞쪽은 끝없는 바다라 우
　　　　　리가 여기 있다는 걸 아무도 눈치 채지 못 할 거예요.

이강석　그러네요. 절벽이 우리의 자취를 감춰주는군요. 마치
　　　　　우리 둘만 이 세상에서 사라진 것처럼.

배명희　정말 대단해요. 돌고래를 처음 탔는데 연습 한 번하
　　　　　고 이렇게 우승까지 하다니.

이강석　지금 내가 이 우승 트로피보다 더 간절히 원하는 게
　　　　　뭔지 아세요?

배명희　(수줍게) 몰라요.

이강석　맞춰보세요.

배명희　혹시… (부끄러워) 아니에요. 말 못하겠어요.

이강석　맥주요.

배명희　네?

이강석　땡볕에서 돌고래랑 열심히 달렸더니 시원한 맥주가

마시고 싶어요.

배명희 아.

이강석 농담이에요. 하하하. 뭘 생각한 거예요?

배명희 아무 생각 안 했는데요.

이강석 그런데 왜 부끄러워해요?

배명희 제가 언제요?

이강석 명희씨랑 결혼하고 싶어요.

배명희 ….

이강석 맞아요. 이 말이 하고 싶었어요.

배명희 정말 대담하시네요. 우린 만난 지 3일밖에 안됐는데.

이강석 로미오와 줄리엣은 만난 지 하루 만에 결혼했어요. 그에 비하면 우린 훨씬 늦은 거예요.

배명희 우리가 로미오와 줄리엣인가요?

이강석 당신은 줄리엣보다 아름다운데요?

배명희 줄리엣을 봤어요?

이강석 볼 수 없어요.

배명희 왜요?

이강석 당신에게 이미 눈이 멀어버려서.

배명희 미치겠네. 이 남자.

이강석 ….

배명희 달콤해. 당신의 그 말들이. 내 귓가를 간지럽혀. 미치도록.

명희, 강석에게 키스한다. 당황하는 강석. 둘의 격렬한 키스.
어디선가 들려오는 외침.

이버섯   (소리) 아버지!

확 떨어지는 두 사람.

이강석   이런….
배명희   왜요?
이강석   일로 와요.

절벽에 바싹 몸을 붙여 숨는 강석과 명희. 반대쪽 어딘가에 나
타난 버섯.

이버섯   아버지, 저예요!
배명희   아버지?
이강석   쉿!
이버섯   여기 있는 거 다 알아요! 멀리서 보고 쫓아왔다고요!
         제 목소리 다 들리죠? 일단 돌고래 시합 우승 축하드
         려요. 횟집에서 창문으로 다 봤어요. 아버지가 돌고
         래 타고 일등으로 들어오는 거, 제가 다 봤다고요. 우
         리 아버지라고 하니까 사람들이 자꾸 아니라면서 제
         가 잘못 봤다고 하는 거예요. 바보들. 그럴 리가 없

죠. 뭘 숨기는 거 같던데 아버지 여기서 뺑 쳤어요?
아버지가 스물넷이래요. 하하. 나보다도 더 어리네.
이제 그만하고 나오세요. 같이 집에 가요. 아버지가
안 계시면 소는 누가 키워요? 누가 키우냐고요! 아
경치는 진짜 좋다.

배명희   이게 다 무슨 소리에요?

이강석   저놈은 미친놈이에요.

배명희   당신… 나에게 거짓말을 했나요?

이강석   아니에요. 내 말 들어봐요. 그러니까 저놈은… 나를
쫓아다니면서 아버지라고 부르는 그냥 정신 나간 놈
이에요.

이버섯   이제 그만 하고 나오세요. 네?

배명희   강석씨, 진실이 뭐죠? 누구 말이 맞는 거죠?

이버섯   엄마가 기다려요. 잘못했대요. 이제 다신 안 때릴 거
래요. 여기 바닷가 경치가 좋긴 한데… 난 우리 태백
산이 더 좋은데. 아버진 여기가 더 좋은가보네.

배명희   사실대로 말해줘요.

이강석   그게….

이버섯   아버지!

이강석   그래요. 내 아들이에요. 내가 저놈 아버지에요.

배명희   ….

이강석   미안해요.

명희, 휙 돌아서 가버린다.

이강석　　명희씨!

따라서 퇴장하는 강석.

이버섯　　(무언가 보고) 어? 아버지! 어디 가요! 아버지!

버섯, 쫓아가며 퇴장한다.

6장

횟집. 테이블엔 빈 소주병과 맥주가 있다. 상철과 종태, 미자가 기분 좋게 취기가 올라 노래를 부르고 있다. 종태는 잔뜩 취해서 쓰러져있다. 밖에서 소리가 들린다.

이강석　　(소리) 명희씨, 얘기 좀 해요! 명희씨!
배상철　　(창밖을 보며) 오호! 오늘의 히어로! 자랑스러운 나의 사위가 저기 오는구먼!
이버섯　　(소리) 아버지! 같이 가요!
오미자　　응? (창밖을 보더니) 에구머니! 저 버섯총각도 이쪽으로 오고 있네?

남종태 (벌떡 일어나) 그래? 병원에 가다가 만난 모양이네.

명희가 들어온다.

배상철 명희야, 이 애비 말 좀 들어봐라. 내가 너희 두 사람의 결혼을….

명희, 그대로 안으로 들어가 버린다.

배상철 응? 왜 저래?

남종태 (비몽사몽) 기분이 안 좋은 모양이네.

강석이 따라 들어오는데 명희가 안에서 강석의 가방을 들고 나와 바닥에 던져버린다. 모두 놀란다.

이강석 명희씨….

배상철 어이 내 사위!

이강석 방 안으로 들어가려 한다. 이내 배명희가 나오며,

배명희 자, 여기 당신 가방이요. 당장 나가요. 이 집에서 당장 꺼지라고!

이강석 내가 다 설명할게요. 그러니까 내 얘기를 좀….

배명희	아니요. 그 더럽고 추악한 혀를 더 이상 놀리지 마세요. 난 지금 당신에게 쌍욕을 퍼부어주고 싶은 것도 간신히 참고 있으니까.
배상철	왜 이래? 명희야, 무슨 일이냐?
남종태	(비몽사몽) 무슨 일이 있는 모양이네.

버섯이 들어온다.

| 이버섯 | 아버지! 드디어 만났네요. 이제 집에 가요. |
| 마형진 | (소리) 명희야! 명희야! |

밖에서 왁자지껄한 소리 들리며 형진과 다혜, 영애, 고은이 들어온다. 형진은 밧줄을 들고 있고, 다혜는 신문을 들고 있다.

마형진	뭐야? 마침 다 계셨네요?
오미자	다 모였네. 다 모였어.
남종태	다 모인 모양이야.

종태, 테이블에 다시 엎드려 잔다.

| 마형진 | 잘됐네요. 다 있는 자리에서 얘기하죠. (강석을 가리키며) 이 남자는! 사기꾼이에요! |
| 배상철 | 사기꾼? 내 사위가? |

마형진　사위? 아버님! 흥. 다혜야.

김다혜　오늘자 신문 기사예요. (신문을 보며) 태백산 하이에 나… 10년 만에 활동을 재개? 그동안 두문불출했던 태백산 하이에나가 다시 악행을 일삼으며 활동을 재 개했다. 어제 오후 2시경, 한 여고생의 다리를 걸어 넘어뜨린 것을 시작으로 은행에서 무전취식을 하고 금은방의 시계를 모두 같은 시간으로 맞춰놓는 등의 소란을 피우다 달아난 것으로 밝혀졌다.

마형진　태백산 하이에나는 죽지 않았어요! 저 남자가 우릴 모두 속인 거예요.

김다혜　늘푸른 청년? 저 남자는 야비하게 우리 마을의 설화 를 이용해서 우리의 눈과 귀를 멀게 하고 자신의 욕 심을 채우려고 한 거예요.

우영애　이런 뻔뻔한!

차고은　재수 없어!

배상철　이보게. 이게 모두 사실인가?

　　　모두 강석을 주목한다.

이강석　태백산 하이에나를 죽였단 말은 거짓이었습니다.

배상철　이런 맙소사.

오미자　끝났네. 모두 끝났어.

이강석　하지만 당신들의 눈과 귀를 멀게 하고 내 욕심을 채

93

우려고 한 것은 아닙니다. 난 단지 변화를 꿈꿨을 뿐입니다. 일탈! 그렇습니다. 일탈입니다.

마형진 더 들어볼 것도 없어요. 저 나불대는 입에 현혹될 뿐이에요. 당장 이 밧줄로 묶어서 경찰서로 데리고 가자고요. 자, 순순히 앞장서시지? 아니면 강제로 묶어서 소처럼 질질 끌고 간다?

이버섯 우리 아버지한테 손대지 마!

마형진 아버지?

우영애 어머, 아들인가 봐?

김다혜 이렇게 장성한 아들이 있는데 뭐? 스물넷?

차고은 까맣게 속았지 뭐야.

이버섯 아버지 집에 가요. 어서요! 아버지!

김다혜 아들한테 부끄럽지도 않아요?

이버섯 아니요. 저는 우리 아버지가 자랑스럽거든요. 30년이 넘도록 태백산 깊은 골짜기에서 우리 엄마와 제 동생들까지 다섯 식구의 가장으로서 열심히 살아오셨어요. 우리 아버지는 재주가 많은 사람이었습니다. 운동신경도 뛰어나서 매일 아침 산속을 뛰어다니며 사냥도 자주 하셨고, 닭과 소를 키우시면서 책 읽기를 게을리하지 않으셨어요. 문제는 엄마였습니다. 모든 육아와 집안일을 아버지가 다 도맡아 하셨습니다.

오미자 엄마는 뭐 하시길래?

이강석	버섯아.

이버섯   왜요? 아버지, 부끄러운 게 아니잖아요. 우리 엄마는 격투기 선수예요. UFC 강원도 챔피언이셨죠.

배상철   그랬구먼.

이버섯   그래요. 가끔 화를 참지 못하고 주먹이 먼저 나가실 때도 있지만 아버진 묵묵히 다 받아주셨어요. 한 번도 엄마와 맞짱을 뜨지 않고 맞아주셨죠.

이강석   쉽지 않은 일이야. 네 엄마와 치고받고 싸운다는 건.

이버섯   전 아버지가 자랑스러워요.

이버섯, 강석에게 안긴다. 남종태, 갑자기 일어나 손뼉을 친다.

오미자   이혼을 하지 그래요?

고개를 젓는 버섯.

이버섯   그런 말을 엄마에게 꺼낸다는 건 더 많은 주먹을 부르는 행위나 마찬가지죠.

김다혜   듣다 보니 좀 안됐긴 하네요.

우영애   얼마나 맘고생 심하셨을까.

차고은   상담 같은 걸 좀 받아봐야 하지 않을까.

마형진   지금 다들 뭐 하는 거예요? 그건 저 사람 집안 문제고! 우리한테 구라는 치지 말았어야지!

배상철 그건 그래!

마형진 (강석을 가리키며) 이봐 당신!

이버섯 야, 이 멀대야. 우리 아버지한테 함부로 말하면….

버섯의 어깨를 붙잡는 강석.

이강석 맞습니다. 제 잘못입니다. 여기 계신 모든 분께 사과드립니다. 처음부터 속일 작정은 아니었습니다. 태백산을 벗어나 새로운 세상을 만나고 싶었던 것도 사실이고 이 설화마을에 오게 되면서 저에 대한 여러분의 관심과 호응에 신이 나서 허풍에 허풍이 계속 이어졌습니다. 그리고 왠지 이 마을에선 그런 허풍이 문제되지 않을 것만 같았습니다. 지금까지 살아온 삶과 다른 새로운 삶을 살 수 있을 것만 같았습니다. 꼭 밝히고 싶은 건, 명희씨에 대한 제 마음만은 진심이었다는 점입니다. 하지만 그 마음이야말로 어리석은 욕심이란 걸 깨달았습니다. 제 아들 버섯과 제 남은 가족이 태백산에 여전히 존재하기 때문입니다. 전설 속의 남자? 저는 아니었습니다. 잠시나마 물의를 일으킨 점 진심으로 사죄드립니다. 버섯아, 뚝!

이버섯 엄마한테 말 안 할게요.

이강석 가자.

배명희 자기 할 말만 하고 가면 끝인가요? 남은 사람은요?

96

자기 마음만 정리하고 후회하고 사과하면 다 끝이냐고요. 태백산에서의 삶, 행복하세요? 다시 돌아가면 행복할 자신 있으세요?

이강석　명희씨.

배명희　제가 함께 갈게요.

마형진　뭐?

오미자　오메.

배상철　명희야, 이게 무슨 소리냐.

박수치는 남종태.

배명희　가서 당신을 쥐어팬다는 그 여자와 얘기해볼게요. 당신을 진정 사랑하냐고. 내가 아는 사랑은! 그런 사랑이 아니에요. 아빠, 걱정하지 마세요. 저 태백산 좀 다녀올게요. 나와요.

명희, 퇴장한다. 가볍게 목례하는 강석.
버섯, 강석을 데리고 퇴장한다. 모두 창밖을 바라본다.

김다혜　와우.

우영애　이거 실화임?

차고은　개 멋지다.

오미자　나도 저렇게 살았어야 했는데.

배상철　세상이 참 많이 변했지.

김다혜　이렇게 가버렸네. 우리 모두의 남자가.

우영애　그러게.

차고은　아쉽다.

마형진　나는? 너만 바라보고 살아온 내 인생은…?

남종태, 박수친다. 잠시 종태를 바라보던 모두의 시선, 다시 창
밖 멀리 향하며.

막 내린다.

한국 희곡 명작선 173

모두의 남자

초판 1쇄 인쇄일   2024년 10월 16일
초판 1쇄 발행일   2024년 10월 25일

지 은 이   정범철
만 든 이   이정옥
만 든 곳   평민사
　　　　　서울시 은평구 수색로 340 〈202호〉
　　　　　전화 : 02) 375-8571 / 팩스 : 02) 375-8573
　　　　　http://blog.naver.com/pyung1976
　　　　　이메일   pyung1976@naver.com
등록번호   25100-2015-000102호
ISBN　　　978-89-7115-858-6　04800
　　　　　978-89-7115-663-6 (set)
정　　가   10,000원

· 잘못 만들어진 책은 바꾸어 드립니다.
· 이 책은 신저작권법에 의해 보호받는 저작물입니다.
  저자의 서면동의가 없이는 그 내용을 전체 또는 부분적으로 어떤 수단 · 방법으로나
  복제 및 전산 장치에 입력, 유포할 수 없습니다.

이 책은 사단법인 한국극작가협회가 한국문화예술위원회의
2024년 제7차 대한민국 극작엑스포 지원금을 받아 출간하였습니다.